新潮文庫

カエルの楽園2020

百田尚樹著

JN052883

新潮社版

11362

目次

カエルの楽園2020

序章

ソクラテスとロベルトがローラのバラバラになった死体を埋《う》めると、あたりはすっかり暗くなっていました。雨は相変わらず降っています。

「これからどうする？」

ロベルトはソクラテスに訊《き》きました。

「どうするもこうするもないよ。ぼくはもうこの国を永久に去るつもりだ。ここはもう楽園じゃなくなった」

「そうだなあ」

ロベルトは力のない声で同意しました。それからソクラテスの方を向いて、怒ったような顔をして言いました。

「なんで、こんなことになってしまったんだ！」

「原因はいくつもあると思うんだ」ソクラテスは言いました。「まず第一は、実質的にナパージュを守っていたワシのスチームボートが去ったことじゃないか」

「ウシガエルを撃退したハンニバル兄弟のひとり、ワグルラを死刑にしたこともよくなかった」

「あれはひどかったね。ツチガエルを守るためにウシガエルと戦ったのに――」

ソクラテスは言いながら、その時の光景を思い出して、胸が悪くなりました。

「それを扇動《せんどう》したのはデイブレイクだ」ロベルトは吐き捨てるように言いました。

「ハスの沼地で毎日、奇麗ごとばかり並べてたけど、ワグルラを厳しく責め立てた。今になってあいつの正体がわかった。あいつはウシガエルの手先だったんだ」

「それはどうだろう。ぼくにはそうは思えない。デイブレイクは、ナパージュのカエルたちの歪《ゆが》んだ良心を代表させたもののように思えるんだ。おそらく彼は自分が正しいと思いこみ、ちゃんとした目を失ってしまったんじゃないかな」

「なるほどなあ、歪んだ良心か。わかる気がするよ。マイクが主催するお祭り広場でも、いろんな人気者たちがデイブレイクと同じようなことを言っていたし、それを見ていた多くのツチガエルも拍手していた。皆が歪んだ良心に毒されていたのかもしれないね」

その時、どこかからツチガエルの悲鳴が聞こえてきました。ナパージュがウシガエルに占領されてから、いつもどこかでツチガエルの悲鳴が聞こえます。ウシガエルがツチガエルをいたぶっているのです。

「ナパージュが助かる最後のチャンスが、『三戒《さんかい》』を破棄するかどうかの集会だった気がする。でも、ぎりぎりで『三戒』が守られたんだよな。俺もあの時は感動してしまった。『三戒』が守られたことで、ナパージュの平和が守られたと思ってしまったんだ。今から考えればとんでもない間違いだ。俺はバカだったよ」

「いや、ロベルト、ぼくもあの時は感動してしまった。ツチガエルたちがどれほど『三戒』を大事に思っているかを知って、胸が熱くなった」

「全部、錯覚だったんだな。でも、そんなの普通に考えたら、わかることだよな。『三戒』に謳《うた》われている『カエルを信じろ』『カエルと争うな』『争うための力を持つな』って、どう考えても変だよ。それを正しいと思い込んだばかりに、ツチガエルはウシガエルを信じて、ウシガエルと争うこともできなかったんだからな」

「そもそも『争うための力を持つな』なんて、ひどい話だよ。結局、ワグルラの兄のハンニバルとゴヤスレイは目をつぶされて腕を斬《き》り落とされた。ハンニバル兄弟が元気だったなら、ウシガエルと戦えたかもしれないのに――」

「悲しいのは、『三戒』はもともとスチームボートが、ツチガエルが自分に逆らわないように作ったものだったことだ。『三戒』の中の『カエル』の部分は、もともと『スチームボート様』だった。なのにナパージュのツチガエルの多くはその事実を気に留《と》めてすらいなかったんだ」

ソクラテスはため息をつきました。そうでした。ロベルトが言う通りです。それなのに、いつのまにか「スチームボート様」が「カエル」になってしまい、ツチガエルたちはそれにも気が付かずに「三戒」を守り続けてきたのでした。

「みんなが毎日歌っていた『謝りソング』もひどかったな」

ロベルトの言葉にソクラテスは頷《うなず》きました。そして心の中で「謝りソング」を思い浮かべました。ナパージュに来てから何十回も聴いたので、完全に覚えています。

我々は、生まれながらに罪深きカエル
すべての罪は、我らにあり
さあ、今こそみんなで謝ろう

ソクラテスは歌詞を思い返しただけで、気分が悪くなりました。そして今はっきりとわかりました。要するに、ナパージュのツチガエルは生まれた時からずっと「謝りソング」を歌わされ、自分たちが悪いカエルと思い込んでいたのです。だから、あれほど南の崖《がけ》を脅《おびや》かし続けたウシガエルに対しても堂々と文句が言えなかったし、ナパージュに少数しかいないヌマガエルにもペコペコしていたのです——。

「とにかく、今日はもう遅いから、明日、この国を出よう。今夜はどこかで寝よう」

「わかった」

ソクラテスとロベルトは泉のほとりまで来ると、ヤツデの葉の上で疲れた体を横たえました。

第一章

朝日とともにソクラテスとロベルトは目が覚《さ》めました。昨夜の雨はすっかり止《や》んでいました。

「気持ちのいい朝だな」

ソクラテスは呟《つぶや》きました。東の空には朝日が昇っています。空には雲一つありません。二匹が眠っていたヤツデの葉には、まだ露《つゆ》が残っていました。すぐ木立《こだち》を通していい香りの風が吹いてきました。二匹のアマガエルはその空気を胸いっぱいに吸い込みました。

「ああ、まったく、この国の自然は素晴らしい。ウシガエルに占領されていなかったら、本当にカエルの楽園だったんだけどなあ」

「もうそんなことを言ってもしかたがない。そろそろこの国を出る準備をしようか」

二匹のカエルは立ち上がりました。

「最後の機会に、この国をしっかり見ておかないか」

ロベルトの言葉にソクラテスは同意しました。

二匹はナパージュで最初に辿《たど》りついた東の池に行ってみることにしました。ウシガエルに会うのが嫌だったので、暗い茂《しげ》みの中を通りました。

しばらく歩くと、背の高い草に囲まれた小さな池に到着しました。池は美しい水をたたえています。

「懐《なつ》かしいな」

ロベルトは言いました。「ナパージュにやってきて、初めて入った池だよ。覚えているか」

「忘れるはずがあるもんか。苦しく長い旅を終えて、ようやく辿りついて、この池に飛び込んだ時は、生き返るかと思ったよ。それくらい気持ちがよかった。世の中にこんな素晴らしいところがあるのかと思ったよ」

「ここでローラと初めて出会ったんだよな」

「優しいカエルだったな」

ソクラテスは言いながら、ローラとの邂逅《かいこう》を思い出しました。ついこの前のようにも思えるし、何年も昔のことのようにも思えました。

ローラはよそ者のアマガエルの自分たちに対しても全く警戒心を持たず、それどころか怪我《けが》をしていたロベルトの足を舐《な》めてくれさえしました。

「でも、優しかったのはローラだけじゃない。ナパージュのツチガエルたちは誰もが親切だった。世界のいろんなカエルを見てきたけど、こんなにも心穏やかで優しいカエルはどこにもいない」

ソクラテスの言葉に、ロベルトが怒ったように言いました。

「あんなにいいカエルたちが、どうしてウシガエルたちからあんな目に遭《あ》わされなくちゃいけないんだ！」

ソクラテスは「まったくだ」と答えました。

その時、突然、ロベルトがソクラテスの背後を見て、あっと声を上げました。

「どうしたんだ？」

後ろを振り返ったソクラテスも次の瞬間、言葉を失いました。

そこにはローラが微笑《ほほえ》みながら立っていたからです。

「き、君はローラ？」

ソクラテスはやっとの思いで口にしました。

「あら？　どうしてあたしの名前を知ってるの？」

「どうしてって――」ソクラテスは言いました。「だって、君はローラじゃないか」

ソクラテスは頭の中が真っ白になりました。ロベルトも同じだったようで、池の縁《ふち》に立って、口をあんぐり開けたままでした。

いや、ローラのはずがない、とソクラテスは心の中で呟きました。だって、ローラは昨日、ウシガエルたちに弄《もてあそ》ばれた末に殺され、自分たちはその遺体を埋めた――。

「あなたたちを見るのは初めてだけど、あたしの名前を知ってるのはなぜ？」

「俺たちを見るのは初めてだって？」

ロベルトが驚いたように言いました。

「そうよ」

「俺たちはずっと友達だったじゃないか」

「おかしなことを言うのね。あなたたちとは今ここで初めて会ったのよ。でも、もう友達になったと言えるかもしれないけど」

ロベルトが何か言おうとしましたが、ソクラテスはそれを制しました。

「ごめん、君はぼくらが知ってるツチガエルにすごく似ていたから、つい知ってるって思ってしまったんだ」

「そうだったのね。じゃあ、そのツチガエルもローラっていうのね」

ローラはにこにこしながら言いました。

ソクラテスはあらためてローラをじっと見ました。どこをどう見てもローラです。声も表情もまったく同じです。なのに、なぜぼくらを知らないと言うんだろう。第一、彼女は死んだはずではないか。

「じゃあね、アマガエルさん」

ローラはそう言うと、歌をうたいながらいってしまいました。

「どういうことだ、ソクラテス。あれはローラだろう」

「ぼくもそう思う。喋《しゃべ》り方もそっくりだ。でも、彼女はぼくらを知らないようだ。どうなっているのか全然わからないよ」

いくら考えてもわからないので、二匹はひとまずそのことについては考えることをやめました。

ソクラテスとロベルトは、今度は北の洞穴に向かいました。かつて嫌われ者のハンドレッドが住んでいたところです。

ハンドレッドはナパージュがウシガエルに占領された時、「ウシガエルの敵」と名指しされ、真っ先に食べられてしまいました。ナパージュ一口の悪いツチガエルで、噂《うわさ》によると、ウシガエルの口の中に体が半分のみ込まれても、悪態《あくたい》をついていたということです。
洞穴の前まで来ると、食べ物の残りカスが今も散乱していました。ハンドレッドは食べカスを散らかす癖《くせ》がありました。

「なんだか、この食べカスを見ていたら、ハンドレッドを思い出すよ」
「そうだったね。食べ方が汚なかったね。口も悪いし、憎たらしいカエルだったけど、いなくなると、寂しい気持ちになるね。でも、主《あるじ》は死んでも食べカスだけは残ってるんだね」

その時、洞穴の奥から「やかましいぞ！」という声が聞こえてきました。ソクラテスとロベルトは互いの顔を見合わせました。その声に聞き覚えがあったからです。そう、ハンドレッドの声です。

やがて洞穴から一匹の年取ったツチガエルが姿を現しました。それを見た二匹は息を呑《の》みました。それはまさしくハンドレッドだったからです。頭の皮が半分剝《は》げているところもそっくりです。

「ハンドレッドさん？」
ハンドレッドはじろりとロベルトを睨《にら》みました。

「気安くわしの名前を呼ぶな。クソアマガエルが」

ハンドレッドはそう言うと、地面に唾《つば》を吐きました。

「ぼくらを覚えてますか?」

「覚えてますか、だと? 今初めて会ったクソアマガエルをどうやったら覚えていられるんだ。訳の分からんことを言うな」

「え、覚えてないの?」

ロベルトは思わず言いましたが、ソクラテスは、それよりもなぜ死んだはずのハンドレッドが生きているのかということの方がずっと気になりました。しかも、ぼくらの名前は全然覚えていないのはローラと同じです。

「わしの眠りを邪魔しやがって。とっとと失《う》せろ、ボケアマガエルが」

ハンドレッドはそう言うと、再び洞穴の奥へ消えていきました。

「これって、どういうことだ」

ロベルトの言葉にソクラテスは首を振りました。

「ぼくにも訳がわからないよ――あっ」

ソクラテスの頭に突然、何かが閃《ひらめ》きました。

「もしかしたら――」

「何だい？」

「何もなかったことになってるのかもしれない」

「何もなかったことになってるって、どういうことだ？」ロベルトが言いました。

「それって、俺たちがローラやハンドレッドに会っていないってこと？」

ソクラテスは頷《うなず》きました。

「それどころか、ぼくらがナパージュに来たこと自体がなかったことになっているのかもしれない。つまり――」ソクラテスは慎重に自分の考えを口にしました。「ぼくらは過去の世界に戻ったのかもしれない」

ロベルトは目を大きく開いてソクラテスを見ました。

「信じがたいけど、そう仮定すると、しっくりくる。だからローラもハンドレッドも生きてるんだよ。それに、ふたりともぼくらを覚えてないということは、ここはぼくらがナパージュに到着する前の世界だってことになる」

「すると――」ロベルトは腕組みしながら言いました。「この国はまだウシガエルに占領されていないってわけか」

「どうやらそうみたいだ。ウシガエルに占領されていたら、ローラもハンドレッドもただでは済まないはずだ」

ロベルトは「うーん」と唸《うな》りました。

遠くで雷《かみなり》がなりました。でも二匹のアマガエルはそれにも気付きませんでした。

「もしここが本当に過去だとしてだよ——」ロベルトは言いました。「俺たち、どうやって過去に戻ったんだ」

「そんなことぼくに訊《き》かれてもわからないよ」

ソクラテスはそう答えた後で、言いました。「ただ、ぼくらがここにいるのは、考えてみると大きなチャンスかもしれない」

「チャンス？」

「ぼくたちはこれからナパージュに何が起こるか知っている。ということは、ぼくらはこの国の将来を変えられる可能性があるということだ」

「俺たちが、あの最悪の出来事を変えることができるかもしれないってことか」

ロベルトの目が再び大きく開きました。

「俺はローラを救いたい。ハンドレッドなんてどうでもいいが、他のツチガエルたちを救いたい」

ロベルトは興奮《こうふん》しながら言いました。

「ぼくも同じ気持ちだよ。ぼくらが過去に飛ばされたのは、もしかしたら、そういう使命を持たされたからかもしれない」

「きっとそうだよ！」

ロベルトはそう言った後で、ふと疑問を口にしました。

「でも、過去と言っても、どれくらい過去なんだろう」

「そこまではまだわからない」

「スチームボートはいるのかな」

「たしかめてみよう」

ソクラテスとロベルトは、自分たちの記憶にあるスチームボートがいた岩山に向かいました。

途中、何匹かのツチガエルに会いましたが、ソクラテスとロベルトを知っているカエルは一匹もいませんでした。でも、彼らは見ず知らずの二匹にも丁寧にお辞儀してくれました。

「なんだか平和そのものだな」

ロベルトが道すがら呟きました。

「うん、前に来た時と同じだ。それに出会うツチガエルたちが皆、気立てがよいのも一緒だ」

やがて二匹は岩山の麓《ふもと》に着きました。見上げるような高さです。前に二匹がナパージュにいた時には、この岩山の頂にスチームボートがいました。

ソクラテスとロベルトは岩山を必死で登りました。

頂上に辿りつくと、そこには一匹の年老いた大きなワシが岩の上で寝ていました。

「スチームボートさん」

ソクラテスが声をかけると、スチームボートは目を開けました。

「誰だ、お前たちは。ナパージュのカエルではないな」

「ぼくたちはよその国から来たアマガエルです。生まれた国を追われて、ナパージュに辿りつきました」

「なるほど、それでわしの記憶にないわけだな」

「変な質問をすることをお許しください」ソクラテスは言いました。「スチームボートさんはナパージュを去る気はありますか」

「ここを去る？　どうしてだ」

「これは仮定の話ですけど、もしナパージュのカエルたちが、スチームボートさんに出て行ってくれと頼んだらどうします？」

「ナパージュのツチガエルたちがそんなことを言ってるのか?」

「いいえ」ソクラテスは慌《あわ》てて手を振りました。「これはぼくが思っただけのことです」

スチームボートは少し考える様子を見せました。

「ずいぶん前に、別の国でそういうことがあった」

「えっ」

「わしがまだ若かったころ、ナパージュ以外のカエルの国にも、巣を持っていた。そのうちのひとつが、ここからはるか南の池にあった。ある日、その国のカエルたちが、わしに出て行ってほしいと頼んできた。自分たちの国にワシの巣があるというのが気に入らないというのでな。だから出て行ってやったよ」

「そんなことがあったのですね」ソクラテスは言いました「それで、その国はどうなりました」

スチームボートは苦笑いを浮かべました。

「わしが巣を出て行った途端《と たん》に、ウシガエルに池のひとつを奪われよった」

「えっ!」

ソクラテスとロベルトは同時に声を上げました。

それって、前に見たナパージュと同じじゃないかとソクラテスは思いました。スチームボートが去った途端、ナパージュにウシガエルが大挙《たいきょ》して押し寄せてきたのです。

「それで、スチームボートさんは、その国に戻ったんですか？」

スチームボートは首を振りました。

「もう巣は壊れていて、わしが戻るところはなかった」

「そうなんですか――。でも、ウシガエルが勝手に他のカエルの池を奪ったりしていいんですか」

「そこはもともと荒地だったが、わしが去った後、ウシガエルたちがやってきて、勝手に掘り返して水を引き、無理矢理に池にしおった。それでこの池はウシガエルのものだと宣言したんだ」

「ひどい話ですね」

「ウシガエルのやつが奪ったのは、その国だけじゃないぞ。あちこちのカエルの国の荒地を掘って、自分たちの池だと主張しておる」

「ひどい！」とロベルトが言いました。

「まったくだ。それで、わしはウシガエルが次に狙《ねら》いそうなあたりを飛んでやるんだ。そうすると、やつらはその時だけ、少しはおとなしくなる」

「ウシガエルもスチームボートさんが怖いんですね」

スチームボートはまんざらでもなさそうな顔をしたものの、すぐに暗い表情になりました。

「しかし、わしも年老いた。いつまでもあちこちを飛ぶことはできない。わしが飛ぶことができなくなったら、そこら中にウシガエルの池ができてしまうかもしれん」

ソクラテスはそんな未来は絶対にごめんだと思いました。そうなったら世界はウシガエルが支配する世界になってしまう。

「ただ、ウシガエルたちを図に乗らせたのは、わしのせいもあるかもしれん」

「そうなんですか」

「少し前、ウシガエルたちが飢えている時に、わしが空から食べ物を落としてやったのだ。ウシガエルのやつらは乱暴者として知られていたが、その頃は弱っていて、少し気の毒になってな。それに、食べ物をばらまいてやったら、少しはまともで礼儀正しいカエルになるかもしれんと考えたのだ。ところが、ウシガエルたちは食べると元気になって、急に暴れ出したんだ」

ロベルトが「食べ物をもらったくせに?」と言いました。

「まったくだ」スチームボートは苦笑いしました。「しかし、ウシガエルたちに食べ物を恵《めぐ》んだのはわしだけじゃないぞ。実はナパージュのカエルたちもウシガエルの国を援助していたんだぞ」

「ええっ！」

ソクラテスとロベルトはまたも同時に驚きの声を上げました。ナパージュがウシガエルの国を援助していたなんて信じられません。

「それって本当ですか？」

「本当だ。ナパージュのカエルたちは、ああ見えてなかなか頭のいいカエルでな。ウシガエルの国に、ハエの幼虫を大量に送ったんだ。なんでも、ウシガエルの国で、それをハエにして、一部をナパージュに送り返してもらって、自分たちが食べようというんだな。ウシガエルに幼虫を育てさせて、自分たちは労せずしてハエを手に入れるというわけだ。もちろん、幼虫の一部はウシガエルたちが食べるのだろうが、それは織り込み済みだったんだろう」

ソクラテスは賢いやり方だなと思いました。ナパージュのツチガエルたちにもなかなかしたたかな一面があったのです。

「ところがだ」スチームボートは言いました。「ナパージュはウシガエルたちを甘く見ていた。ウシガエルたちは幼虫の多くを食べて、どんどん力をつけていった。一方で、ナパージュには約束よりも少ないハエしか渡さなかった」

「ツチガエルは怒ったでしょう」

「もちろん怒ったさ。ウシガエルに対して、残りの幼虫を返せ、と言った。しかしウシガエルは、そんなことを言うなら、幼虫も卵も全部取ってしまうぞ、と開き直りおった。今まで通り、わずかなハエを送ってやるから、それで我慢しろと」

「ツチガエルたちはどうしたんですか」

「我慢したんだ。幼虫を全部取られるよりはましだと思ったんだろうよ。いかにも事なかれ主義のツチガエルらしいが、わしから見れば、腰抜けのカエルたちだ」

スチームボートは笑いましたが、ソクラテスは笑う気にはなれませんでした。ナパージュのツチガエルたちは心優しいカエルです。おそらくウシガエルと争いになるのを避けたのでしょう。そう言えば、「三戒」の最初には「カエルを信じろ」とあります。二番目は「カエルと争うな」です。ツチガエルたちは、「三戒」の教えを忠実に守ったんだろうなとソクラテスは考えました。

「でも、ウシガエルたちはナパージュのツチガエルに感謝したでしょう」

ロベルトの言葉に、スチームボートは前よりもいっそう大きな声で笑いました。

「あいつらが感謝なんかするわけがない。恩を仇《あだ》で返すのがウシガエルだ。幼虫を食べて力をつけたウシガエルたちは、今度はナパージュの南の崖《がけ》を登り出した」

ウシガエルが南の崖を登り出したのはそういう経緯だったのかとソクラテスは思いました。

「もともと南の崖はナパージュのものだったんですよね」とロベルトが訊きました。

「そうだ。ウシガエルたちがまだ元気のなかったころは、南の崖はナパージュのものだと認めていた。ところが元気になって大きくなると、ウシガエルたちは、そこは昔から自分たちのものだったと言い始めた」

「本当はどちらのものなんですか？」

「昔からずっとナパージュのものだ」

ソクラテスはそれを聞いて少しほっとしました。

「ナパージュに巣があるから、わしも時々は、南の崖の近くを飛んでやることにしている。わしが飛ぶと、ウシガエルたちも怖がって、それ以上は登ってこない」

ソクラテスとロベルトはそれを聞いて安心しました。

でも、とソクラテスは思いました。スチームボートがいる間はたしかに南の崖は守られるかもしれない。しかしスチームボートが去れば、たちまち南の崖は危《あや》うくなる。自分たちが見た未来のように、もしもナパージュのツチガエルたちがスチームボートを追い出せば、南の崖はウシガエルたちに取られるに違いない。そしてそれを足がかりにされて、やがてナパージュ全部を占領される——。そこまで考えて、ソクラテスは背筋が寒くなりました。

「スチームボートさん、お願いがあります」

ソクラテスは言いました。

「なんだ？」

「いつまでもこの国にいてください」

「どうしてよそ者のアマガエルがそんなことを頼むのだ？　ツチガエルが『いてください』と言う限りはここにいる。しかし彼らが『もう出て行ってください』と言えば、いつでも出て行く。あるいはツチガエルたちがわしのために持ってくる食べ物が少なくなっても、出て行くつもりだ」

ソクラテスはそうならないように祈りました。

「今日はありがとうございました」

ソクラテスとロベルトはそう言うと、スチームボートに別れを告げて、岩山を下りました。

「どうやら、俺たちが過去に来たのはたしからしいな」

岩山を下りたとき、ロベルトが言いました。ソクラテスは曖昧《あいまい》に頷きました。

「けど、どこか変な気がするんだよ。なんか、前にいた時と少し様子が違う感じがするんだ」

「どこが？」

「ツチガエルとウシガエルたちの関係が前と少し違う感じがするんだ。ハエの幼虫の話なんて、前は聞いてない」

「たしかにそうだな。どういうことだろう」

「さあ、それはよくわからない。ツチガエルたちに話を聞いてみよう。何かヒントが摑《つか》めるかもしれない」

二匹は多くのツチガエルたちが集まっているお祭り広場へ向かいました。

途中で、森の中にある泉に寄って喉《のど》を潤《うるお》そうとロベルトが言いました。その泉はとても気持ちのいいところで、ナパージュの名所のひとつでした。

泉のほとりまで来た時、ソクラテスとロベルトの足は止まりました。そこには有り得ない光景が広がっていたからです。なんと、泉に二匹のウシガエルが半身を浸《ひた》していたのです。

「なんで、ウシガエルがあんなところに⁉」

ロベルトが訊きましたが、ソクラテスに答えられるはずがありません。

二匹は呆然《ぼうぜん》としてウシガエルを見ていました。しかし更に驚くべきものを目にしました。ツチガエルがウシガエルに近づいて、何やら楽しそうに喋っていたのです。

「どうしてウシガエルとツチガエルが仲良くできているんだ？」

ロベルトの質問に、ソクラテスは「ぼくに訊かれたってわからないよ」と答えました。

実際、ソクラテスの頭の中も混乱していました。

前の世界のナパージュではこんな光景は見たことがありません。ナパージュで一番人気のある泉に、ウシガエルが堂々と入って、ツチガエルと楽しそうに話をしているだなんて——。

先に冷静になったのはロベルトの方でした。

「たしかにびっくりはしたけど」とロベルトは言いました。「ウシガエルとツチガエルが仲良くしてるなんて、いいことじゃないか」

ソクラテスはまだ頭の中が整理できていなくて、すぐには同意できませんでした。

「俺たちもウシガエルと話をしてみようよ」

ロベルトはそう言うと、ソクラテスが止めるよりも前に、ウシガエルの方に向かって歩き出しました。

「ウシガエルさん」

ロベルトは声を掛けました。ウシガエルがロベルトの方を見ました。

「やあ、アマガエル。お前もよそからナパージュに遊びに来たのか」

「はい。そんなところです」

「ナパージュはいいところだよなあ。空気は綺麗《きれい》だし、水は美味《うま》い。おまけに食べ物は新鮮ときてる」

ソクラテスも勇気を振《ふ》り絞《しぼ》って、ウシガエルに近づきました。近くで見ると、その巨大さに圧倒されましたが、恐《おそ》る恐る彼らに質問しました。

「ウシガエルさんは、ナパージュに遊びに来たのですか？」

「まあな。ちょくちょく来てるよ」

ちょくちょくだって――？　ソクラテスは心の中で、思わず叫びました。

「ウシガエルさんはナパージュに気軽に来ることができるんですか」

「来られるよ。以前はそう簡単には来られなかったが、最近はナパージュが積極的に、わしらに来てくださいと言うんで、わしらもよく来るようになったんだ」

ソクラテスの頭はさらに混乱してきました。ここはぼくらが前にいた世界とはまるで違う——同じナパージュとは思えないほどだ。

しかしウシガエルはさらに驚くべきことを言いました。

「ここはわしらの国よりもずっと住みやすい。だから、近いうちに、ここに住むことにした」

ソクラテスは「えっ」と言いました。「ウシガエルがナパージュに住めるんですか」

「住めるさ」ウシガエルは平然と答えました。「もう何匹もナパージュに移り住んでいる。ナパージュにはウシガエル専用の池まであるんだぜ」

ソクラテスとロベルトは思わず顔を見合わせました。

その時、「そこにいるのはアマガエルさんじゃないの?」と声をかけてきたカエルがいました。声のした方を見ると、ローラでした。

「早速、ウシガエルさんとお友だちになったのね」

ローラは嬉《うれ》しそうに言いました。

「ウシガエルさんて、いいカエルさんでしょう」

ソクラテスは曖昧に頷きました。ウシガエルがいいカエルかどうかはまだわからなかったからです。

「ナパージュにはいろんな国からいろんなカエルが来るのよ。遊びに来るカエルもいれば、ここに住むカエルもいる。世界のカエルはみんな仲良しなのよ」

生まれ育った国をダルマガエルに滅ぼされ、長い旅の中で様々な迫害《はくがい》を受け、多くの仲間を失ってきたソクラテスは、そんなことはないと思いましたが、口にはしませんでした。

いつのまにか、ウシガエルは泉から出て、どこかへ行ってしまいました。

ウシガエルがいたところには、食べカスがいっぱい散乱していました。

「汚ないね」とロベルトが言いました。「まるでハンドレッドだ」

ローラはそれを聞いて笑いました。

「ローラは、ウシガエルがナパージュに来てもなんとも思わないの」

ソクラテスは言いました。

「どうして？　ふつうのことでしょう」

「ウシガエルが怖くないの？　彼らは狂暴だろう」

ソクラテスの言葉を聞いて、ローラは顔を曇らせました。

「ひとつ忠告してあげるけど、ナパージュではそんなことは言わない方がいいわよ。この国ではツチガエル以外のカエルの悪口を言うと、罰《ばっ》せられるのよ」

「そうなの?」

「ナパージュのツチガエルは、決して他のカエルの悪口は言わないのよ」

「でも、ハンドレッドには、さっき、悪口を言われた」

「ハンドレッドは例外よ。あいつはめちゃくちゃに口が悪いカエルなんだから。それにナパージュ一の嫌われ者だから、相手にしたら駄目よ」

ソクラテスとロベルトは頷きました。

「ナパージュでは、ツチガエルが他のカエルの悪口を言ってはいけないというのはわかった。それならぼくたちのような他のカエルも、ツチガエルの悪口を言ったらいけないんだよね」

「それは自由よ」

「えっ!」

「ナパージュに昔から住んでいるヌマガエルは、しょっちゅうツチガエルやナパージュのことを悪く言ったり、批判したりしてるわ」

「たしかヌマガエルって、ナパージュのカエルじゃないよね。隣のエンエンという国から来たツチガエルにそっくりなカエルとか——」

「そう、よく知ってるわね。でも、長く住んでるから、もうナパージュのカエルみたいなものよ」

「それなのにナパージュやツチガエルの悪口を言うの？　それっていいの？　おかしいんじゃないの」

「あら、あなた『表現の自由』って言葉を知らないの？　いいこと？　『表現の自由』というのはとても大切なことなのよ。ナパージュでは、それが認められているってわけ。わかる？」

「それはわかるけど。それなら、ツチガエルがウシガエルやヌマガエルの悪口を言ってもいいいんじゃないの？」

ローラはうんざりした顔をしました。

「どうしてウシガエルやヌマガエルの悪口なんか言いたいわけ？　そんなことをしていたら、世界は平和にならないじゃない。ナパージュのツチガエルは平和を愛するカエルなのよ」

「それなら、他のカエルもツチガエルの悪口を言ってはいけないんじゃないか」

「あなたって、頭が悪いの？　さっき表現の自由がどれだけ大切か教えてあげたでしょう」

ソクラテスはそれ以上は何も言えませんでした。

「話は変わるけど」とロベルトが口をはさみました。「さっき、ウシガエルとツチガエルが仲良しだって言っていたけど、南の崖はウシガエルに脅《おびや》かされているんじゃないの」

「ああ、その話ね。ウシガエルが南の崖をよじ登ってくるとかでしょう。でも、滅多にないらしいから大丈夫よ」

「滅多になくても、よくないんじゃないの」

ロベルトの問いに、ローラは少し考えるように首をかしげました。

「よくわからないけど、それはそれ、これはこれじゃないの？　ナパージュに住んでいるウシガエルや遊びに来るウシガエルたちはいいカエルばかりよ」

「南の崖を登るウシガエルは？　いいウシガエルなの？」

ローラはため息をつきました。

「あなたたちは、よっぽどひねくれた性格してるのね。話していたら、うんざりしてきたわ。じゃあね」

ローラはそう言うと、歌いながら去っていきました。

「ますます、わからなくなってきたな。なんでナパージュをウシガエルが普通に歩いてるんだ？　前の世界とは全然違うじゃないか」

ロベルトが首を捻《ひね》りました。

「いや、ぼくには何となくわかってきたことがある」

「それはなんだ？」

「ここはたしかに過去の世界だ。と同時に、パラレルワールドなんだよ。つまりもともとぼくらがいた世界とは少しだけ違う世界なんだ。ぼくらは過去に戻された時に、パラレルワールドに入ってしまったんだ」

ロベルトは「うーん」と唸りました。「そんなことってあるのかい」

「奇妙な話だけど、そう考えると、全部つじつまがあう。ここはぼくらが前にいたナパージュと同じところもあるけど、違うところもある。たとえばウシガエルとの関係なんか全然違う。前は、ウシガエルはツチガエルを食べたり弄んだりする恐ろしいカエルだったけど、ここではツチガエルの方からウシガエルをナパージュに招いて、楽しげに会話もしている」

「たしかにそうだ」ロベルトは頷きました。「すると、俺たちが見た未来は起こらずに済むのか」

「ナパージュのツチガエルがウシガエルと仲良くしているところを見ると、もしかしたら、そんな未来は起こらない可能性もある。でも、そう結論付けるのはまだ早いかもしれない」

「お祭り広場に行ってみないか。あそこなら、もっと詳しい話を聞くことができるはずだ」

「マイクのところだな。よし、行こう」

二匹のアマガエルはお祭り広場へと向かいました。

お祭り広場は、前と同じように大勢のカエルたちで賑《にぎ》わっていました。ソクラテスの記憶にあるお祭り広場の光景と同じでした。この広場はナパージュの人気者たちがよく来るので、それを目当てに、いつも多くのツチガエルたちが集まっています。

中央の広場で人気者のマイクが喋っていました。これも前の世界と同じです。マイクはマイクの一言一言に、集まったツチガエルたちは大笑いしていました。マイクはツツチガエルたちを楽しませる喋りが非常に上手《うま》いカエルでした。

マイクがいったん下がると、今度は若いメスガエルたちが出てきて歌を歌い始めました。それを見て、周囲の若いオスガエルたちが歓声を上げました。これも前に見た光景です。この広場では朝から晩まで、ナパージュの人気者たちがマイクに呼ばれて、皆を楽しませにやって来ます。

メスガエルが歌い終わって引っ込むと、再びマイクが現れました。

「皆さん、嬉しい報《しら》せがあります。今度、ナパージュの国に、ウシガエルの国の王様がお客さんとしてやってきます」

一部で拍手が起きましたが、大半のカエルたちはたいして興味がなさそうに聞いていました。

「我々の国ナパージュには、今、どんどんウシガエルの皆さんがやってきています。彼らはナパージュに来る時にたくさんのハエをお土産に持ってきてくれるので、とてもありがたい存在です」

また一部のカエルたちから拍手が起こりました。

「どうやら、この世界では、ウシガエルは歓迎《かんげい》されてるようだな」

ロベルトが言いました。

「そうみたいだな。ハエをたくさん持ってきてくれるって言っていたしな」

「この世界ではウシガエルは悪いカエルじゃないみたいだ」

ソクラテスが頷こうとした時、後ろから「お前らはバカか！」と言う声が聞こえました。振り返ると、ハンドレッドが立っていました。

「ウシガエルが持ってくるというハエは、そもそもはナパージュのハエだぞ」

ハンドレッドは吐き捨てるように言いました。

「そうなんですか」

「もとはと言えば、だ。というのは、前にウシガエルが飢えて貧しい時に、ナパージュは大量のハエの幼虫を送ってやったんだ。ハエになれば、その一部を返してくれたらいいという約束でな」

その話はスチームボートもしていたことをソクラテスは思い出しました。

「ウシガエルのやつらは、その幼虫を大量に育てて、ものすごい数に増やすことに成功した。もっとも、その増やし方を教えたのもナパージュのツチガエルたちだったんだけどな」

「そうだったんですね」

「やつらは大量のハエをもりもり食べて、やたらと元気になると、今度は恩を忘れて、南の崖を登り始めやがった」

「でも、滅多に登ってこないんでしょう」

「バカかお前ら」ハンドレッドはまた言いました。「あいつらは毎日、来てるんだ」

「でも、ローラは滅多に来ないって言っていました」

「あんなバカ娘がなにを知っている。あいつの頭の中は歌だけだ。知識と言えば、インチキ野郎のマイクが喋っていることくらいしかない。で、マイクは南の崖の話なんか絶対にしないからな」

「でも、ウシガエルは友好的でもあるんですよね」

ソクラテスは訊きました。

「毎日崖を登ってくるやつらが友好的なわけないだろう」ハンドレッドはそう言って唾を地面に吐きました。「あいつらが笑顔を見せるのは、苦しい時か、何かを欲しがっている時だ」

「でも、今、ウシガエルたちがたくさんナパージュに来てるんでしょう。さっきぼくらも見ましたが、ツチガエルたちと仲良くやっていましたよ」

ハンドレッドは「ふん！」と言いました。

「ウシガエルのハエを貰《もら》って喜んでいるツチガエルが増えてきたのはたしかだ。それもこれも、プロメテウスのやつが、積極的にやつらを呼び込んでいるからだ」

ソクラテスはプロメテウスの名前が出てきたので驚きました。プロメテウスと言えば、前いた世界では、ナパージュをウシガエルから守ろうと頑張っていた元老《げんろう》でした。彼はそのために「三戒」を破棄する運動もしていたくらいです。そのプロメテウスがこの世界では、ウシガエルに向かって、どんどん来てくださいと言うなんて、いったいどういうことなんだ——。

「プロメテウスがウシガエルを迎え入れ始めたんですか？」

「そうだ。プロメテウスが元老のトップになってから、ウシガエルがどんどんやってきやがった。要するにプロメテウスが始めたことだ。おかげで、ナパージュの人気スポットではウシガエルの姿を見ない日はない。聞こえてくるのも、ウシガエルのやたらとでかいしゃがれ声ばかりだ。それどころか、最近はナパージュに住むやつまで出てきやがった。これも増える一方だ。しかし一番腹が立つのは、あいつらが癒《いや》しの泉の水を勝手に飲むことだ」

「癒しの泉って何ですか？」

「わしらツチガエルがケガをしたり病気になったりしたときに、その水を飲むと病気がよくなり、ケガの治りが早くなる泉だ。その水は昔はちょろちょろとしか出てなかったが、わしらの祖先が何年も何年も頑張って泉の底を掘って、たくさんの水が出てくるようにしたんだ」

「そんなに素晴らしい水なら、どのカエルが使ってもいいんじゃないですか」

ロベルトがそう言うと、ハンドレッドは「バカめ！」と言いました。

「泉の水が無尽蔵《むじんぞう》にあれば、そうしてもいいだろう。しかし水の量は限られている。ツチガエルが使うだけでぎりぎりなんだ。いや、最近は足りないくらいだ。それなのに、その水を飲みにたくさんのウシガエルがやってくる」

「じゃあ、ウシガエルには使わせなければいいじゃないですか」

ソクラテスがそう言った時、「そんなことを言うもんじゃない！」という声が聞こえてきました。

声のした方を見ると、そこには見覚えのあるカエルの姿がありました。デイブレイクでした。前の世界ではいつもハスの沼地で、たくさんのカエルに自らの考えを教え込んでいた雄弁《ゆうべん》なカエルです。彼に逆らえば生きていけないとも言われていたくらいの権力者です。

ハンドレッドはデイブレイクの顔を見るなり、ペッと地面に唾を吐いて、その場を立ち去りました。

「君たちは誰だ？」

デイブレイクはソクラテスとロベルトに尋ねました。

「ぼくらは国を捨ててナパージュに逃げてきたアマガエルです」

「君たちにひとつ忠告しておこう。ハンドレッドの言うことなど、まともに聞くことはないぞ。あいつは嘘《うそ》つきで、とんでもないカエルだ」

デイブレイクはそう言った後で、今度は諭《さと》すように言いました。

「さっき、君たちはウシガエルに癒しの泉の水を使わせなければいいじゃないかと言ったが、それはとんでもない誤った考えなんだぞ。そういうのを『排他《はいた》的な考え』というのだ。君たちのようなよそ者にはわからないだろうが、ナパージュはツチガエルたちだけのものじゃないんだ。もうそんな時代じゃない。この国にやってきたすべてのカエルは、ナパージュの恩恵を受けることができるんだ。ウシガエルを差別するなんてことは許されん。ウシガエルだけじゃないぞ。ナパージュにいるカエルたちには、すべてツチガエルと同等の権利が与えられるべきなんだ。ナパージュこそ、まさしくカエルの楽園だ。どうだ、素晴らしいだろう」

「素晴らしいです！」

ロベルトは感極《かんきわ》まったように言いました。昨夜、以前のデイブレイクのことを「奇麗ごとばかり並べて」と言っていたのに、今の言葉でいっぺんに感化されたようです。

「おい、聞いたか、ソクラテス。この世界のナパージュも、やっぱりカエルの楽園だよ。いや、前にいたナパージュよりもすごいんじゃないか」

しかしソクラテスはすぐには同意できませんでした。それで、デイブレイクに尋ねました。

「ナパージュって、そんなに豊かな国なんですか」

デイブレイクはいい質問だというふうに頷きました。

「ナパージュは決して豊かな国ではない」

「それなのに、よそからやってきたカエルたちにもツチガエルと同じようにしてあげてもいいんですか」

「いいんだよ」

「だって、癒しの泉の水の量は限られているんでしょう」

「そんなことはたいした問題ではない」

デイブレイクは笑いながら、大きな腹を揺すりました。

「ナパージュは平等な国なんだ。だから、君たちのような他の国から逃げてきたカエルたちにも公平に機会を与える」

ロベルトは「ありがとうございます！」と言って、デイブレイクの手を握りました。

しかしソクラテスはロベルトとは別のことを考えていました。限られた量なのに、そんなことは問題ないなんて言えるのだろうか。それに、ツチガエルとよそからやってきたカエルが同等の扱いというのは正しいのだろうか。ぼくらにとっては嬉しいことだが、自分たちはもともとナパージュで生まれ育ったカエルではない。この国に来たのもつい最近のことだ。それがこの国で生まれて何年も生きてきたツチガエルと同じような恩恵を受けてもいいのだろうか――。

それで、その疑問を口にしました。デイブレイクはソクラテスの言葉を聞いてから答えました。

「君の考え方は古い考え方だな。時代はどんどん変わっているんだ。今や世界中で、自分の国のカエルだけを大切にするのはやめようという考え方が広がってきているんだ。大昔からその国に住んでるカエルも、今日よその国から来たばかりのカエルも、すべて平等という考え方だな。そしてナパージュもそうだ」

「そうなんですか」

「実はナパージュは昔はそうではなかった。しかし私が長い間かけて、そういう考え方をツチガエルたちに教えてきたんだ」

デイブレイクはそう言って胸を張りました。

ソクラテスは曖昧に頷きましたが、心の中では別の疑問が生まれていました。それってたしかに素晴らしいけど、そうなると国って何のためにあるのだろうと思ったのです。その考えに則すると、生まれた国が気に入らなければ、気に入った別の国に行けばいいということになります。それが正しいのか間違っているのか、生まれ故郷を捨てたソクラテスには判断ができませんでした。それで、今度は別の質問をしました。

「ずばり聞きますが、ウシガエルはナパージュにとって危険なカエルではないのですか?」

デイブレイクは大仰に顔をしかめました。

「そういう根も葉もないデマを言う奴《やつ》がいるんで困ってるんだ。私が保証するが、ウシガエルは非常に善良なカエルだ。悪意とか敵意とかはまったく持っていない。しかし、ナパージュのツチガエルの中には、ウシガエルは非常に恐ろしいカエルだと吹聴《ふいちょう》して、ツチガエルとウシガエルの友好を壊そうとしている奴らがいるんだ。ハンドレッドなんかはその筆頭《ひっとう》だ」

ソクラテスはなるほどと思いました。前にいた世界ではウシガエルは残酷なカエルでしたが、この世界ではそうではないようです。しかしそう考えても、スッキリしない問題が一つありました。

「でも、南の崖では、ウシガエルが登ってきてるんですよね」

「あんなのはどうということはない。そもそも、南の崖がナパージュのものであったという事実はない」

「え、そうなのですか？」

「あ、いや、まあ、私も詳しくは知らんが、南の崖に関しては、ウシガエルにもウシガエルの言い分があるんだろうから、彼らを一方的に責めるのはよくない。そんなことをしていたら、お互いがいつまでも仲良くなれないだろう。互いに相手の言い分に耳を傾《かたむ》けることも大切だ」

ロベルトは大きく頷《うなず》きました。

「それにだ」デイブレイクはどこか誇らしげに言いました。「ナパージュは昔、ウシガエルと争った時、彼らにひどいことをたくさんした。大量のウシガエルを殺したんだぞ」

その話は前の世界でも聞いた気がしましたが、ソクラテスは敢《あ》えて訊きました。

「優しいツチガエルが本当にそんなことをしたのですか？　ぼくは世界を放浪《ほうろう》してきて、様々なカエルに出会いましたが、ナパージュのカエルくらい優しいカエルはいないと思いました」

「そういう優しいカエルを悪魔に変えてしまうのが、『争い』というやつなんだよ」

デイブレイクは悲しげな表情をしました。そして続けました。

「だからこそ、私はナパージュがもう二度とそんな残酷なことをしないように、毎日頑張っているんだよ。もし、私が元老会議を見張っていなければ、元老たちはまたナパージュを、争いをする国にしてしまうだろう」

その言葉を聞いて、ロベルトは感心したように頷きました。

「さっきマイクが、今度、ウシガエルの王様がナパージュに来ると言っていましたが、それは本当ですか?」

ソクラテスは訊きました。

「本当だよ。素晴らしいことだ。桜の花が咲くころに、ウシガエルの王様がおこしになる。これで二つの国はいっそう仲良くなるだろう。プロメテウスが招待したんだ。無能なプロメテウスにしてはよくやったよ。これだけは評価してやらんといかんな」

デイブレイクはそう言うと、また大きな腹を揺すって笑いました。

「私は忙しいので、あまり長く話すことはできないが、わからないことがあれば、いつでもハスの沼地に聞きに来なさい。何でも教えてあげよう」

デイブレイクはそう言うと、去っていきました。

「たしかにソクラテスの言うように、ここは前にいた世界とは微妙に違ってるね」ロベルトは言いました。「一番違っているのは、ナパージュとウシガエルがうまくやっているということだ」

ソクラテスは頷きました。ウシガエルの王様をナパージュに招待するなんて、相当仲良くないとできません。実際、この世界ではナパージュとウシガエルは、かなり親しくやっているようです。ただ、気になるのはやはり南の崖のことです。

「そんなに仲がいいのに、なぜ、南の崖にはしょっちゅうウシガエルが登ってくるんだ?」

ソクラテスの疑問に、ロベルトも首を捻りました。

「ハンニバルに会いに行くのはどうだろう。この国にハンニバル三兄弟がいれば、だが」

「行ってみよう」

二匹は前の記憶を頼りに、ハンニバル兄弟が住んでいた東の岩山に向かいました。

東の岩山に辿り着くと、ハンニバルが岩場でひとりで体を鍛えていました。

ハンニバルはソクラテスたちを見ると、トレーニングをやめて、「やあ」と声をかけてきました。

「君たちはこの国に最近やってきたアマガエルのソクラテスとロベルトだね」

「どうしてぼくたちの名前を知っているのですか?」

「ぼくら三兄弟はいろんな情報を常に集めている。だから、君たちが来た時から知っているよ」

ソクラテスは驚きました。ハンニバル兄弟は力が強いだけではなかったのです。

「ハンニバルさんにお尋ねしたいことがあって、やってきました」

「何だい？」

「ウシガエルとナパージュは本当に仲がいいのですか？」

ハンニバルは微妙な表情をしました。

「それはぼくの口からは何とも言えないな」

「でも、仲が悪いというわけではないんですよね。だって、ナパージュに何匹もウシガエルが入ってきています」

「入ってきているどころじゃないよ。最近はナパージュに何匹も住んでいる。それもナパージュの土地にね。ウシガエルの住んでいる地域にはツチガエルが入れないところもあるくらいだ」

「え？」

「あそこもそうだ」

ハンニバルが西側にある高台を指さしました。見ると丘の上にウシガエルが何匹かいて、こちらを見下ろしていました。

「彼らは少し前からあそこに住んでいる。そして、いつもこちらを見ている。あまり気持ちのいいもんじゃないね。ぼくたちの行動が全部丸見えになっているんでね」

「そこに住むなとは言えないんですか」

　ハンニバルは肩をすくめました。

「ウシガエルはナパージュのどこに住んでもいいと、ナパージュの元老たちが認めているのでね。だからウシガエルたちは、ナパージュの気に入ったところに自由に住むことができる。そしてウシガエルが住んだ土地は、ウシガエルのものになるんだ」

「ナパージュの土地なのに？」

「そうだよ」

「それって、なにかおかしくないですか」

「そういうことは口にしない方がいい」ハンニバルは言いました。「皆に『排他的』と言われる。あるいは『カエルを差別するカエル』と言われる。ナパージュでは『カエルを差別するカエル』と言われたら生きていけなくなる」

　それを聞いてソクラテスは思わず口を噤《つぐ》みました。ロベルトが質問しました。

「ナパージュにウシガエルが住んでもいいなら、ウシガエルの沼にツチガエルが住んでもいいわけですか」

「それはウシガエルが認めていない」

ロベルトが「ええっ」と声を出しました。「それって不公平じゃないですか」

「ぼくもそう思うけどね。大昔に元老たちが認めたんだから、しかたがない」

「昔からなんですか」

ハンニバルは頷きました。

「ただ、昔のウシガエルたちは貧しくて、ナパージュには来られなかった。仮に来たとしても、ナパージュの方がはるかに豊かだったから、貧しいウシガエルには住むことができなかったんだ。でも最近、ウシガエルたちはナパージュよりも豊かになって力を付けたので、どんどんやってくるようになった。たくさんのハエを持ってきて、それをツチガエルにプレゼントして、その代わりに住んでいる土地を譲《ゆず》ってもらうというわけだ」

「ナパージュのツチガエルは、ハエと交換に土地をあげるのですか」

「そういうことだ」ハンニバルはそう言ってもう一度西の高台を見上げました。「あの丘にはこないだまでツチガエルが住んでいた。でも、ウシガエルのハエと交換して土地を譲り渡した」

「そもそも、どうしてウシガエルはナパージュに住むんですか?」

「ナパージュがいいところだからじゃないかな。ウシガエルの沼は水も空気も悪くて、住んでいるだけで体が悪くなるという噂《うわさ》がある。だから多くのウシガエルが水も空気も奇麗なナパージュに住みたがっている」

「でもそんなに移り住んできたら、ウシガエルの沼にウシガエルがいなくなってしまいませんか?」

ロベルトの言葉にハンニバルは苦笑しました。

「ウシガエルの沼には、ナパージュの十倍以上のウシガエルがいるんだ」

「そんなに!」

ツチガエルの十倍もウシガエルがいるなら、いつかナパージュの土地が全部ウシガエルのものになってしまうということもあるんじゃないだろうかとソクラテスは考えました。一割のウシガエルが来ただけで、ツチガエルよりも多くなります。そうなれば、ナパージュはツチガエルの国とは言えなくなります。さっき、デイブレイクが言った「ナパージュはツチガエルたちだけのものではない」というセリフが実感として蘇《よみがえ》ってきました。

しかしそれがいいことなのか悪いことなのか、ソクラテスにはわかりませんでした。

というのも、もしナパージュがツチガエル以外のカエルに対して厳しい国だったら、自分たちもここにはいられなかったからです。ツチガエルが優しくしてくれたから、自分たちもナパージュに住むことができる。ということは、ナパージュがウシガエルに優しくするというのも間違いとは言えないいんじゃないかと思ったのです。

「一つ教えてください」ソクラテスは言いました。「ウシガエルとツチガエルがそんなに仲がいいなら、どうして南の崖をウシガエルは奪おうとしてるのですか」

「ウシガエルの国は戦うウシガエルたちをたくさん養成している。それはものすごい数だ。彼らは戦うための訓練を毎日している。そしてそのためのカエルをすごい勢いで増やしている。南の崖をよじ登ってくるのは、そういう戦いのために訓練されたウシガエルたちだ」

「それって――ナパージュをやっつけようという意味ですか」

「それはわからない。ウシガエルの意図を判断するのは元老たちだ。ぼくらは、南の崖を取られないように、ただ頑張るだけだ。今も、弟のワグルラとゴヤスレイが南の崖に向かっている」

「そうだったんですね」

「じゃあ、ぼくはまたトレーニングをするから」

東の岩山を離《はな》れた後、ロベルトは言いました。

「どういうことなんだ、ソクラテス。ナパージュとウシガエルは仲良しなのか、それとも仲が悪いのか。ウシガエルはナパージュにたくさん遊びにやってくるばかりか、何匹も住んでいる。でも一方で、南の崖を取るために戦うウシガエルをたくさん養成している。これはどういうことなんだ」

「ぼくにもわからないよ。ただ、前にいた世界より複雑な世界だということはたしかみたいだ」

「そうだな。前に俺たちがいた『カエルの楽園』はもっと単純な世界だったようだ」

その時、頭上に暗い影が見えました。見上げると、スチームボートがすぐ上を飛んでいました。

スチームボートは羽ばたきを緩《ゆる》めると、ゆっくりと降下し、ソクラテスとロベルトの前に降り立ちました。

「岩山の頂上からお前たちの姿が見えたので、飛んできたのだ」スチームボートが言いました。「お前たちにひとつ知らせておいてやろうと思ってな」

「なんですか？」

「ウシガエルの沼に、恐ろしい病気が流行《はや》りだしたようだ」

「なんですって」

「さっき、ウシガエルの国の上を飛んだ時に見た。どうやら奴らは、その病気に罹《かか》ったウシガエルたちが外に出られないように、沼の端に閉じ込めているようだ」

「その病気に罹ると、どうなるんですか」

「肺がおかしくなるらしい」スチームボートは自分の胸を羽で叩《たた》きながら言いました。

「そして運が悪いと死ぬ」

「その病気って、ウシガエル以外のカエルも罹るんですか」

「すべてのカエルが罹る病気らしい」

ソクラテスはぞっとしました。もし、それが本当なら大変なことです。

「カエルだけじゃない。もしかしたらわしも罹るかもしれん。お前たちも用心するに越したことはない」

ソクラテスは「ありがとうございます」と礼を言いました。

「ツチガエルたちにも知らせたんですか」

「元老たちには知らせておいた」

スチームボートはそれだけ言うと、再び羽を大きく広げて飛び立っていきました。

「ソクラテス、とんでもないことになったな」

ロベルトは言いました。

「うん。その病気がナパージュに入ってきたら、大混乱になる」

「元老会議も今頃きっと、大騒ぎになってるぞ。どうする？」

「行くしかないよ」

ソクラテスとロベルトは、元老会議が行われている緑の池に向かいました。

第二章

緑の池はナパージュの中央にあります。その池の真ん中にある小島で元老会議が開かれます。これも前にいた世界と同じでした。

ソクラテスとロベルトが着くと、元老会議が行われているところでした。その光景を見て、ソクラテスとロベルトは驚きました。というのは、前にいた世界では元老は七匹でしたが、今、目の前で行なわれている元老会議には数十匹の元老がいたからです。やはりここがパラレルワールドなのは間違いないようです。

小島がある池の周囲では何匹かのツチガエルがそれを見守っていました。見覚えのあるカエルが何やら叫んでいます。ガルディアンです。お腹《なか》の九本の皺《しわ》が特徴的です。前の世界では、プロメテウスと敵対しているカエルでした。

ガルディアンが大きな声で言いました。

「私はプロメテウスの行動を非難します」

何匹かの元老が「そうだ、そうだ」と叫びました。どうやらガルディアンの仲間たちのようです。

「彼はチェリー広場の件をすべて打ち明けなければなりません」

またガルディアンの仲間らしき元老たちが「そうだ、そうだ」と叫びました。同時に、池の周囲で元老会議を見守っていた何匹かのツチガエルも拍手をしました。プロメテウスはしかめっ面《つら》をしています。

「チェリー広場の件って何のことですか?」

ソクラテスは池の周囲にいる、ガルディアンに拍手を送っていた一匹のツチガエルに尋ねました。その時、それがハインツだったことに気付きました。前にいろいろとナパージュのことを教えてくれたカエルです。でもハインツは当然、ソクラテスのことは覚えていませんでした。

「プロメテウスが一年前にチェリー広場でパーティーを行なって、自分のお気に入りのツチガエルを何匹か呼んだんだ」

ハインツは答えました。

「それはいけないことなんですか?」

「その時、パーティーの客たちに、チェリー広場のハエを何匹か提供したんだが、チェリー広場のハエは、本来はナパージュのカエルたち全員のものだからね。それを自分のパーティーに呼んだカエルたちに与えたんだから、プロメテウスは責められても当然だよ」

「なるほど」とソクラテスは言いました。「それで、パーティーに来たカエルにハエをどれくらい与えたんですか」

「十匹のカエルに対してハエ一匹だったかな」

「えっ」とロベルトは驚いた声を出しました。「十匹のカエルにハエ一匹？ たったそれだけ？」

「数の問題じゃないだろう！ たとえハエの足でも、勝手にそんなことをするのは許されることじゃない。チェリー広場のハエはナパージュみんなのものなんだから」

ハインツは怒ったような顔で言いました。「というわけで、ガルディアンたちはあやって、一年以上、プロメテウスを糾弾《きゅうだん》しているんだ。今日も朝から六時間も喋《しゃべ》っている」

小島に目をやると、ガルディアンはますます興奮して喋っています。そしてガルディアンが何か言うたび彼の仲間の元老たちが「そうだ、そうだ」を連発しています。よく見ると、その中にはヌマガエルそっくりのカエルが何匹もいました。

「あれは、ヌマガエルですよね」

ソクラテスが訊《き》くと、ハインツは「そうだけど、それがどうした」と言いました。

「ヌマガエルがナパージュの元老になれるんですか」

「彼らは長くナパージュにいたから、ナパージュのカエルと同じと見做《みな》されて、元老にもなれるんだ」

ソクラテスは頷《うなず》きました。

「ところで、ウシガエルの国で怖い病気が流行《はや》っているって知っています？」

ソクラテスは話題を変えて訊きました。

「ああ、知っているよ」

ハインツは何でもないというふうに答えました。

「怖くないのですか？」

「どうして怖いの？　ウシガエルの国の話だろう」

「でも、ナパージュにもウシガエルがたくさん来てるんじゃないですか」

「それがどうしたの？　ナパージュで病気が広がることはないよ」

「どうして、そう言えるんですか？」

「どうしてって——そんなの知るかよ」

ハインツは面倒くさそうに答えると、もうそれ以上は喋りたくないとばかりに、横を向きました。

ソクラテスは仕方なく、元老会議に目をやりました。いつのまにかガルディアンではなく別の元老が喋っていました。さっきガルディアンに声援を送っていた元老です。

その元老は言いました。

「私もプロメテウスにチェリー広場の件について質問をします。その後で、もし時間があれば、ウシガエルの国で流行っているという病気についても質問します」

初めて例の病気の話が出たので、ソクラテスとロベルトは集中して、その元老の話を聞きました。ところが、彼の話は延々とチェリー広場のことだけで、結局、病気の話は出てきませんでした。

次に出てきた元老もガルディアンの仲間でした。

「今、ナパージュは大変な問題に直面しています。ウシガエルの沼で流行っているという病気も大きな問題です」

「お、今度こそ病気の話が聞けるぞ」

ロベルトの言葉に、ソクラテスは「待っていた甲斐《かい》があったな」と言いました。

元老は続けて言いました。

「その中で一番大きな問題であるチェリー広場の件について質問します」

ソクラテスは心の中で、「ええっ！」と声を上げました。ロベルトも口を開けて呆《あき》れた顔をしています。

結局、この日の元老会議ではウシガエルの沼で流行っているという病気の話はほとんど出ませんでした。ガルディアンの仲間の元老たちがプロメテウスに言っていることは、「チェリー広場でハエをプレゼントした経緯の説明をしろ」ということと「責任を取れ」ということばかりでした。

「ずっと聞いてたけど、ほとんど病気の話は出なかったね」

ソクラテスがロベルトに言うと、ロベルトは「もしかすると、たいした病気じゃないのかもしれないね」と言いました。

「そうなのかなあ」

「もし、本当に怖い病気なら、元老会議でもっと話題にしているはずだよ。話題にしないということは、別に怖い病気じゃないってことじゃないか」

「でも、スチームボートは恐ろしい病だと言っていたよ」

「大袈裟《おおげさ》に言ったんだよ。空の上からだから、よく見えなかったんじゃないのか」

「ワシの目はすごくいいと言うぞ」

ソクラテスがそう言うと、ロベルトも「うーん」と言って首を捻《ひね》りました。

その時、岸で元老会議を眺めていたカエルが小島の元老たちに向かって大きな声を上げました。見ると、一匹の年をとったツチガエルが何やら言っています。

「おい元老たち、ウシガエルの沼で病気が流行っているんだぞ！　なんでその話をしないんだ！」

「あれは誰？」

ソクラテスはハインツに尋ねました。

「あれはイエストールだ」

「どういうカエルなの？」

「メスガエルの顔を美しく整える技を持ったおかしなカエルだ」

すると、そばにいた別のカエルがにやりと笑って、「イエストールは若いオスガエルのチンチンを整える技も持っているぞ」と言いました。その途端、周囲のカエルたちが何匹か笑いました。よくわかりませんが、どうやらイエストールはナパージュでは有名なカエルのようです。

イエストールは元老たちに向かって言いました。

「ウシガエルの沼は謎《なぞ》の病気で大変なことになっている。ウシガエルをナパージュに入れたら、ナパージュにも病気が入ってしまうぞ」

元老たちはちらっとイエストールの方を見ましたが、その言葉に耳を傾ける元老はいませんでした。池のほとりにいたツチガエルたちもイエストールの言葉には関心を払わないようでした。

「今すぐに、ウシガエルがナパージュに入ってくるのを止めるべきだ。さもないと、とんでもないことになる！」

イエストールはめげずに何度も言い続けましたが、やはりその声に耳を傾けるカエルはほとんどいませんでした。それどころか、「うるさい！」とか「引っ込め！」というヤジが方々から起こりました。イエストールは悲しげな顔をして、すごすごとどこかへ行ってしまいました。

「イエストールが言っていたことをどう思う？　ソクラテス」

「さあ、ぼくには判断がつかないよ。ただ、イエストールの言っていることはツチガエルたちには相手にされていないようだな」

「元老たちもうんざりした顔をしていたね」

ロベルトはまた「うーん」と言って首を捻りました。

「デイブレイクに訊いてみようか。彼なら何でも知っているみたいだから、何か情報を教えてくれるかもしれない」

「行ってみよう」

ハスの沼地に着くと、デイブレイクがハスの葉に乗っかって、沼に浮かぶツチガエルたちに演説をぶっていました。前の世界で見た光景と同じです。

「皆さん、聞いてください。今日も元老会議でガルディアンがチェリー広場の件でプロメテウスに説明を求めたのですが、プロメテウスは答えようとしませんでした。こんな横暴《おうぼう》が許されていいはずがありません」

沼に浮かんでいた何匹かのカエルは「そうだ、そうだ」と言いました。

「私ももう一年もチェリー広場の話をしています。しかしプロメテウスはのらりくらりとかわすばかりで、全く誠意ある説明をしようとしません」

沼に浮かんでいたカエルたちはまた「そうだ、そうだ」と言いました。

「皆さん、何か私に訊きたいことはないですか？」

デイブレイクがそう言ったので、ソクラテスが手を挙《あ》げました。

「お、さっき会ったアマガエル君ですね。何が聞きたいのですか？」

「ウシガエルの沼で流行っている謎の病気について教えてください」

デイブレイクは途端にうんざりした顔をしました。

「ああ、その病気なら騒ぐほどのことはない。今日、元老会議が行われた緑の池で、イエストールが実にくだらないことを喚《わめ》いていましたね。ウシガエルの国で病気が流行っているから、ナパージュにウシガエルを入れるな、とね。君たちはそれを聞いたのでしょう」

「はい」

「イエストールは大袈裟に言ってるだけです。むやみやたらに皆の恐怖心を煽《あお》っているだけです。『ウシガエルをナパージュに入れるな！』なんて、とんでもない主張です。ウシガエルを排除するようなことを決して言ってはいけません。それよりも、ともに手を洗おう！　です」

デイブレイクを取り囲んでいたツチガエルたちは拍手をしました。デイブレイクは満足そうに頷きました。

「ウシガエルの病気は怖いぞ！」

突然、沼の岸の方から、そう怒鳴《どな》る声が聞こえました。沼に浮かんでいたカエルたちが一斉《いっせい》に声のした方を向きました。

声の主はハンドレッドでした。

「イエストールの言っていることは正しい。ウシガエルの沼で流行っている病気はとんでもなく恐ろしい病気の可能性がある。もし、そうなら大変なことになる。今すぐにでもウシガエルが入ってくるのを止めるべきだ。さもないと、ナパージュにも病気が広がるかもしれない」

デイブレイクは苦々しい顔をしました。そして沼に浮かぶカエルたちに向かって言いました。

「皆さん、あんなやつの言葉をまともに聞いてはいけませんよ。あいつもイエストールと同じく、何の根拠もなく、いたずらに恐怖心を煽って喜んでいるだけです」

沼に浮かぶカエルたちは一斉にハンドレッドを非難しました。「ハンドレッド、黙れ！」「帰れ！」という声が方々から聞こえました。

「お前ら、病気が怖くないのか！」ハンドレッドはカエルたちに向かってさらに怒鳴りました。「ウシガエルのくそったれどもをナパージュに入れたら、とんでもないことになるんだぞ！」

「皆さん、今の言葉を聞きましたか」デイブレイクが叫びました。「ハンドレッドはウシガエルを意味もなく差別したのです。皆さんが証人です。あいつは『カエルを差別するカエル』です。つまり最低のカエルです」

デイブレイクの周囲にいたカエルたちは「そうだ、そうだ」と声を上げました。ハンドレッドは「馬鹿《ばか》どもが！」と言って、その場を立ち去りました。

「ひどい暴言だな」ロベルトは呆れたように言いました。「ハンドレッドはデイブレイクの言う通り、『カエルを差別するカエル』だよ。俺たちのこともクソアマガエルと言っていたし」

しかしソクラテスは、口の悪さは別にして、今のハンドレッドの言葉に、ウシガエルを差別する言葉があったのかは疑問に思いました。ハンドレッドは、ウシガエルが恐ろしい病気を持っているかもしれないから、ナパージュに入れるのをやめろと言ったとしか聞こえませんでした。しかしそのことをロベルトには言いませんでした。

デイブレイクが再びチェリー広場の話を始めたので、ソクラテスとロベルトはそっと沼から離れました。


「やっぱりウシガエルの沼で流行っているという病気はたいしたことがないんだよ」

ロベルトはソクラテスに言いました。

「そうかなあ。ぼくはまだどこか心配なんだけど。ウシガエルの沼では、病気に罹《かか》ったウシガエルが沼の端に閉じ込められているというし」

「ウシガエルの沼で流行ったとしても、ナパージュで流行るかどうかはわからないじゃないか」

そう言われると、ソクラテスもそんな気がしてきました。

二匹が歩いていると、さっきハスの沼から出て行ったハンドレッドと一匹のツチガエルが何やら言い争いをしていました。二匹とも大声で怒鳴り合い、今にも殴り合いが起きそうな雰囲気です。

ソクラテスとロベルトは急いで喧嘩《けんか》を止めに入りました。

「どうしたんですか。喧嘩はやめましょう」

「喧嘩なんかしてるか」ハンドレッドは言いました。「こいつが間違ったことを言っていたから、正しいことを教えてやってたんだ」

「何を言っているんだ。間違ったことを言っていたのはお前の方だ」

ハンドレッドと言い合いをしていたツチガエルが言い返しました。

「何の話ですか」

「ウシガエルの病気の話ですよ」そのツチガエルは言いました。「あ、俺は、エコノミンと言います。ハエの評論家です」

「ハエの評論家って何ですか」

「ハエがどのように増えたり減ったりしているかを研究しているのです。どこにいけばハエがたくさんいるかも知っていますよ。俺のやってる集会に来れば、いい情報を特別に教えますよ」

　エコノミンは得意気に言いました。

「ウシガエルの病気で、どういうふうに言い分が食い違ったのですか」

「ハンドレッドは、この病気は恐ろしい病気だというのですが、それは完全なデマだということを教えてあげていたのです」

「それってデマなんですか？」

「そうですよ」エコノミンは胸を張って言いました。「あんなもん、風邪みたいなものです。いや、風邪の方がずっと怖いと言えます」

「お前はウシガエルの沼の病気についてなにを知っているんだ」ハンドレッドは言いました。「もしナパージュに入ってきて、広がったらどうなるかわからないんだぞ」

　ソクラテスはハンドレッドの言葉に内心、納得しました。デイブレイクもそうでしたが、この病気については誰もよく知らないのに、どうして「怖くない」と言えるのか不思議だったのです。

「これだから、素人《しろうと》は困るよ」

エコノミンはバカにしたような笑みを浮かべました。

「病気の蔓延《まんえん》というのはどんなふうにしても食い止められないんだよ。仮に今、ウシガエルがやってくるのを止めても、結局は何らかの形で入ってくる。ナパージュでの病気の流行を少し遅らせるくらいしか効果がないんだよ。ちゃんとそういうデータがあるんだ。俺は常にデータに基《もと》づいて喋っている。ハンドレッドみたいに根拠のない勘《かん》では喋らない」

「でも、もし病気の流行が遅らせられるなら、それって効果があるということじゃないんですか」

ソクラテスはエコノミンにそう質問しました。

「どうせ病気が流行るなら、少しくらい遅れても同じじゃないか」

エコノミンにそう言われると、そんな気もしてきました。

「それに、ウシガエルがナパージュに入ってくるのを止めろというのは、もう無茶苦茶な意見なんだ。なぜかというと、もうすぐ梅の花の咲くシーズンがやってくるが、ナパージュのシーズンはウシガエルたちにとってお祝いの祭日で、毎年、この時期に、ナパージュに大量のウシガエルがやってくるんだ。これってどういうことかわかる？」

エコノミンの言葉にソクラテスは首を横に振りました。

「ウシガエルたちがナパージュに大勢やってくるということは、お土産として大量にハエを持ってきてくれるということなんだ。ナパージュにはそれを当てにして生活しているツチガエルがたくさんいる。今、ウシガエルが入ってくるのを止めたら、多くのツチガエルが困るんだよ」

ソクラテスはなるほどと思いました。エコノミンの言うように、ウシガエルがナパージュに入ってくるのを止めたとしても、結局、病気が広がるのを遅らせる効果しかないのだったら、今この季節に止めるのは無駄かなという気がしてきました。それに実際、病気はどうなるかわかりません。入ってこないかもしれないし、入ってきたとしても流行しないかもしれません。しかしウシガエルが来なければ確実にハエは入ってきません。

またデイブレイクも、この病気はたいしたことがないようなことを言っていましたし、元老たちも問題にはしていませんでした。

「おい、ハンドレッド」エコノミンは言いました。「もしウシガエルがナパージュに入ってくるのを止めて、彼らのハエを当てにして暮らしているツチガエルが困ったら、お前が彼らにハエをあげることができるのか」

しかしハンドレッドも黙っていません。

「それじゃあ訊くが、もしウシガエルが大量に入ってきて、その結果、ナパージュに病気が広まったら、大変なことになるぞ。それにより大量のハエが足りなくなる事態になるかもしれない」

「だから、それは止めても止めなくても、同じことになると言っているだろう。今は、目の前のハエを失うことのデメリットが大きすぎると言っているんだよ。そんなに病気が怖いなら、お前は自分の洞穴の奥に入って、誰とも会わずにずっと引き籠《こも》ってろ。それをしないで、怖い怖いというやつは、ウソつきだ」

ハンドレッドは、「じゃあ、引き籠っていることにするわ」と言って、くるりと背を向けました。そして二、三歩行きかけて足を止め、振り返ってソクラテスとロベルトに向かって言いました。

「何も知らないクソアマガエルに忠告しといてやる。例の病気から身を守るには、水仙の花で口と鼻を覆《おお》うといい。まあ、絶対ということはないが、気休めにはなる」

「水仙の花ですか」

「早いとこ、探して取っておいた方がいいぞ。ぼやぼやしてると、そのうちどこ探しても見つからないってことになるからな」

ハンドレッドはそれだけ言うと、手を振って去っていきました。

「ああいう奴《やつ》が一番困るんですよね」

エコノミンはソクラテスとロベルトに向かって言いました。「とにかく危ない危ないと言って、やたらと恐怖心を煽るんです。病気なんか正しく怖がればいいんです」

ソクラテスは「正しく怖がる」とはどういうことなのか意味が分かりませんでしたが、敢《あ》えて訊きはしませんでした。

「じゃあ、ウシガエルの病気というのは怖くはないんですね」

ロベルトがエコノミンに尋ねました。

「俺の持っているデータだと、ただの風邪ですね。いや風邪よりも軽い。神経質になることはない。さっきも言ったように、俺は常にデータに基づいて喋ります。憶測《おくそく》や勘で喋ることが一番危険なのです。繰り返しますが、この病気は怖くはありません。その証拠に、元老たちも誰もこの病気を心配していません」

「そういうことだよ、ソクラテス」

ロベルトはすっかり安心したようにソクラテスの肩をぽんと叩《たた》きました。

なるほど、言われてみればそうかもしれないとソクラテスは思いました。元老もデイブレイクも、それに多くのツチガエルも心配はしていません。危険だ危険だと声を上げているのは、変わり者のイエストールと、嫌われ者のハンドレッドだけです。

それでも、ソクラテスは心から安心することはできませんでした。なぜか気持ち悪い不安がどうしても拭《ぬぐ》えなかったのです。ただ、そのことはロベルトには言いませんでした。

＊　＊　＊

まもなく梅の花が咲き、ウシガエルのお祝いシーズンになりました。エコノミンが言っていた通り、ウシガエルの沼からたくさんのウシガエルがナパージュにやってきました。

ナパージュ中の美しい泉や池、あるいは森や草原には、どこへいってもウシガエルの姿がありました。ツチガエルたちの中にはウシガエルの機嫌を取ったり、ナパージュを案内してハエをもらう者がたくさんいました。

その間も、イエストールはいろんな場所で、「ウシガエルをナパージュに入れては駄目だ」と声をあげていました。イエストールがあまりにも何度も言うので、ツチガエルたちの中にも不安がる者が出てきましたが、大多数のツチガエルはイエストールの妄言《もうげん》と笑っていました。

ハンドレッドもたまに洞穴から出てくると、イエストールと同じようなことを言っていました。ただし、ハンドレッドの場合は、「ウシガエルは最低だ」とか「あいつらは汚い」とか余計なことを言うので、あまり真剣に聞くカエルはいませんでした。ところが、ある日、ナパージュにいた一匹のツチガエルが、肺がおかしくなる病気になりました。例のウシガエルの沼で流行っていた病気とまったく同じ症状です。しかもそのツチガエルはウシガエルたちを案内してハエを貰《もら》っていたカエルでした。

急にツチガエルたちの間で不安が広がり始めました。

ナパージュの中に、「ウシガエルをナパージュに入れるのは危険ではないか」というツチガエルが出てきました。

「なんだか、変な具合になってきたな」ロベルトが言いました。

「うん。イエストールの言っていたように、この病気がナパージュ中に広まる、なんてことになったら大変だ」

二匹がそんなことを話していると、ローラが歌をうたいながら通りがかりました。

「あら、アマガエルさんたち、どうしたの？」

「あ、ローラ」ロベルトが言いました。「例の病気がナパージュで流行ったらどうしようという話をしていたんです」

するとローラはおかしそうに笑いだしました。

「そんなの心配いらないわ」

「そうなの？」

「そうよ」

「どうしてそう言えるの？」

「お祭り広場でマイクたちが言っていたもの」

「マイクが？」

「ナパージュにも、体の具合を見ることができるカエルがいるのよ。私たちは体の具合が悪くなると、そういうカエルたちに見てもらうのよ。彼らを私たちはディーアールって呼んでいるんだけど。ディーアールたちからは、病気によく効く虫とか草とかをもらうの」

「へー、そうなのか」

「でね、最近お祭り広場に、マイクがいろんなディーアールたちを呼んできて、話をさせているの。ディーアールたちは、全然心配いらないって言っていたわ」

「本当？」

「ウソだと思ったら、お祭り広場に行ってみたらいいわ」

ローラはそう言うと、また歌をうたいながら去っていった。

「行ってみるか、ソクラテス」

二匹はお祭り広場へ行きました。

お祭り広場は相変わらずのすごい人出でした。中央でマイクが喋っています。

「皆さん、今日は、今話題の例の病気についてお話をしましょう。といっても私は病気のことはよく知りません。それで今日はディーアールのロックさんに来てもらいました。ロックさんはカエルからカエルにうつる病気に関してはすごく詳しいんです」

マイクに紹介されてロックが広場の中央に現れました。

「えー、皆さん、例の病気ですが、心配することはありません」

ロックは言いました。

「そんなに簡単にかかる病気ではありません。たとえば今、ウシガエルの沼で大流行しているという話ですが、私ならそこへ行っても普通に泳げますよ。今、一部のカエルは、水仙の花で口と鼻を覆えば病気から身を守れると言っていますが、はっきり言います。水仙の花なんかほとんど効果は期待できません」

お祭り広場にいるカエルたちから安堵《あんど》の声が漏《も》れました。

また別のディーアールが出てきました。

「皆さん、今、ロックさんが言ったとおりです。ウシガエルの沼では大流行しましたが、ナパージュでは、そんなに大変なことにはなりません」

　そのディーアールは自信たっぷりに言いました。

「というのは、ナパージュはウシガエルの沼に比べて、圧倒的に清潔だからです。水も空気も奇麗です。こういう国ではあんな病気は流行らないのです。それに、ツチガエルは奇麗好きです。何より、ナパージュには私たちのような、病気のカエルを元気にするディーアールたちがたくさんいます。だから、ナパージュでは例の病気は流行りません」

　ソクラテスは聞いていて、なるほどと思いました。たしかに言われてみれば、ウシガエルの国とナパージュとでは環境がまるで違います。ウシガエルの沼で流行ったからといって、ナパージュで流行るとは限らないと感じました。


　その日の元老会議で、長老格の一匹であるツーステップが、「ウシガエルの国が今、病気で大変みたいだから、元老たちで、ハエを送ろう」と言い出しました。元老たちは皆キョトンとした顔をしましたが、ツーステップは大真面目《おおまじめ》な顔で続けました。

「ウシガエルの国とナパージュは隣同士で、仲良しだ。そんな国が病気で苦しんでいるのを見て、だまってはいられない。そうだろう」

元老会議を見守っていたツチガエルたちも多くは首をかしげていました。

「どうしてツーステップはあんなことを言い出したの？」

ソクラテスはそばにいたツチガエルに訊きました。

「さあね」そのツチガエルは肩をすくめました。「ただ、ツーステップはとかく噂《うわさ》のあるカエルで、なんでもウシガエルからずっといろんな虫をもらっているらしいよ」

「そうなんですか」

「噂だからどこまで本当かはわからない。でも、ウシガエルからいろんな虫を裏でもらっている元老は少なくないということもよく聞くよ」

ソクラテスは驚きました。

「今度、ウシガエルの王様をお客様としてナパージュに呼ぶのも、裏でツーステップがプロメテウスに指示したという話だよ」

「ツーステップの指示ですって⁉」ソクラテスは驚きました。「元老のトップはプロメテウスでしょう。ツーステップはトップよりも偉いんですか」

「プロメテウスが元老のトップになれたのは、ツーステップの後押しがあったからだと言われている。最近、ナパージュに多くのウシガエルが入ってくるようになったのも、裏でツーステップが指示しているという噂だよ」
ソクラテスは、もしそれが本当なら、とても危険なことのように思いました。ウシガエルが入ってくることがいい悪いという以前に、ナパージュの国の元老にウシガエルたちの意向を背負《せお》ったものがいるのはおかしく感じられたのです。ソクラテスはそれが噂であってほしいと願いました。

次の日、ナパージュのツチガエルの中に、また病気に罹るカエルが出ました。このカエルもウシガエルを案内していたカエルです。ウシガエルから病気を移されたとみて間違いないようです。

ツチガエルたちの間で病気を恐れる声がどんどん増えてきました。誰かがこの病気を「ウシガエル病」と名付けましたが、デイブレイクの仲間たちが「その名前はウシガエルを不当に貶《おとし》める」と抗議し、代わりに「新しい病気」と呼ばれるようになりました。

さらに次の日、「新しい病気」にかかった三匹目のツチガエルが現れました。ここへきて突然、ツチガエルたちの間にこの病気は恐ろしいものであるという共通認識が生まれてきました。それにともなって、ウシガエルをナパージュに入れるのは危険ではないのかということを言い出すツチガエルたちが以前より増えてきました。

しかしプロメテウスをトップとする元老たちはなぜかウシガエルをナパージュには入れないということを決めようとはしませんでした。またいつもはプロメテウスのやることに反対ばかりしているデイブレイクも、このことに関しては何も言いませんでした。

「どういうことだろう」ロベルトは首をひねりました。「元老たちはまったく動こうとしないらしいよ」

「なにか、かたくなな態度に感じるね」ソクラテスは言いました。「本当はそんなに怖がることはないのかな。ディーアールのロックは、いまだに、新しい病気はたいした病気ではないと言っているみたいだし――」

「でも、ウシガエルの沼では、たくさんのウシガエルが死んだという噂もあるぞ。それなのに、このままウシガエルがどんどんナパージュにやってくるというのは、どうなんだ?」

「ぼくにそんなことを聞かれてもわからないよ。元老たちにはそれなりの考えがあるのかもしれない」

「元老会議に行ってみようか」

二匹は元老会議が開かれている緑の池に向かいました。

するとその途中、ハンドレッドにばったりと出くわしました。

「ああ、間抜けのアマガエルコンビか。水仙の花は手に入れたみたいだな」

「ハンドレッドさんに言われて、その日のうちに見つけました」

ハンドレッドは「がはは」と笑いました。「わしの言うことを素直に聞くとは、バカなりにいいところがあるな」

ソクラテスは、そんなことを言わなければ感謝できるのにと思いました。

「それで慌《あわ》ててどこへ行こうとしているんだ」

「元老会議を見に行こうと思って」

「何のためにバカどもの会議などを見に行くんだ？」

「新しい病気をウシガエルが持ち込んでいるかもしれないのに、そのウシガエルがナパージュに入ってくるのを認め続けているのはどうしてかと思って」

「そんなもん理由は一つだ」ハンドレッドは言いました。「あいつらがバカだからだ」

「バカってことはないでしょう。元老ですよ」

ハンドレッドは笑いました。

「元老なんか、どいつもこいつもたいした頭を持っていない。普通のツチガエルと同じ程度かそれ以下なんだ。わしみたいな頭のいいカエルから見れば、かなりのバカの集まりだ」

ソクラテスはそのあまりの口の悪さと傲慢《ごうまん》ぶりに呆れました。ハンドレッドはそれを見てニヤリと笑いました。

「お前たち、わしが無茶苦茶言ってると思っているな。しかし、そういうお前たち自身、元老たちと同じようにこの病気はたいしたことがないと思っていたはずだ」

ソクラテスは痛いところを突かれて、うっとなりました。

「たしかに、ぼくらも最初はたいしたことがないと思っていました。でもそれは、ディーアールたちがそんなに恐れる病気ではないと言っていたからです。普通のカエルよりもずっと病気や体のことに詳しいカエルたちが言ってたんだから、信用しても仕方がないじゃないですか」

「イエストールもディーアールのひとりだが、そっちは信用しないのか」

そう言われてソクラテスは返答に困りました。

「イエストールやわしはお祭り広場には呼んでもらえない。そもそもお祭り広場に呼ばれて皆の前で話ができるのは、マイクのお気に入りばかりなんだが、この病気に関しても、マイクが呼ぶのは『この病気は全然怖くない』と言うやつばかりだ。だから、多くのツチガエルもたいしたことはないと思ったんだ。そして元老たちもたいしたことがないと思い込んだんだ」

ハンドレッドはさらに言いました。

「ウシガエルのお祝いの季節には、大量のウシガエルがナパージュに来ることがわかっていた。つまりナパージュのツチガエルたちはウシガエルがお土産に持ってくる大量のハエがほしかったんだ。エコノミンも言ってただろう。ウシガエルのハエが入ってこなかったら、ナパージュのカエルたちが困ることになるって」

ソクラテスは頷きました。

「それにだ、誰だって病気は怖い。ウシガエルの沼の噂を聞いたら、そんなことがナパージュでは起こらないようにと願うだろう。いや、起こってほしくないと思うんだ。そしていつのまにか、起こるはずがないと思ってしまうんだ。それで、仮に病気が入ってきても、たいしたことにはならないだろうと思い込んでしまうというわけだ」

ソクラテスは心の中で、うーん、と唸《うな》りました。言われてみれば、そうかもしれないと思ったのです。というのも、自分たちもいつのまにかそんなにひどいことにはならないだろうと思い込んでいたからです。しかしよく考えてみると、そうであってほしいと願っていただけのような気もしてきました。

「でも、ハンドレッドさん」ソクラテスは言いました。「今は多くのツチガエルがこの病気は怖いと言い始めていますよね。それって元老たちも同じように思い始めているってことではないのですか」

ハンドレッドはにやりと笑いました。

「おそらく元老たちも、今頃は青ざめているだろうよ」

「それなら、ウシガエルがこれ以上、ナパージュに入ってきてはいけないという規則を決める可能性がありますね」

「ないね」

ハンドレッドはあっさりと答えました。ソクラテスは驚いて訊《たず》ねました。

「どうしてですか」

「もうすぐウシガエルの王様をナパージュに呼ぶことになっているからな。それを前にして、ウシガエルはナパージュに入ってくるなとは言えんさ」

ソクラテスは「あっ！」と小さな声を上げました。そう言えば、それはナパージュにとって、すごく大きな行事だとデイブレイクも言っていました。

「でも、ウシガエルの王様が来ることも大事かもしれないけど、ナパージュのカエルの命の方が大切じゃないんですか？」

「そんなこと、わしに聞かれても知らんがな」

ハンドレッドは突き放したように言いました。そして呆れたようなソクラテスとロベルトの顔を見て「がはは」と笑いました。

「ウシガエルの王様がナパージュに来るということは、ナパージュにとってはいいことなんでしょう」

ロベルトが訊くと、ハンドレッドは急に笑うのをやめて、「よくないことに決まってるじゃないか！」と強い口調で言いました。

「そうなんですか」

「お前たち、知らないのか。ウシガエルの王様は、ウシガエルの沼に住む自分たち以外のカエルを毎日いたぶって殺してるんだぞ」

「それは本当ですか？」

ソクラテスが驚いたのは、その事実が前にいた世界と同じだったからです。でも、このパラレルワールドでは、ウシガエルは善良なカエルだと思っていたので、そんなことはないと勝手に思い込んでいたのです。

「ウソなんか言うか」ハンドレッドは怒ったように言いました。「ウシガエルのやつらは、沼にいる他のカエルを内臓までちぎって食っているということだ」

「ひどい――」

「この残虐《ざんぎゃく》行為に対して、世界のカエルが非難してるが、ウシガエルのやつらは知らん顔だ。こんなやつらの王をお客様として呼んでいいはずがないだろ」

「ナパージュも非難してるんですか」

「ナパージュの元老会議でウシガエルの残虐行為が非難されたことは一度もない」

「それって、どうしてなんですか?」

「知らんがな!」

ハンドレッドは吐き捨てるように言いました。

「じゃあ、ハンドレッドさんは、ウシガエルの王様がナパージュに来るのは反対なんですね」

ロベルトは言いました。

「当たり前じゃないか」ハンドレッドは言いました。「ウシガエルの王様をお客様として呼んだりすれば、世界のカエルたちはナパージュをどう見る? 考えたらすぐにわかるだろう」

「でも――デイブレイクは素晴らしいことと言っていましたよ」

「あいつはウシガエルが好きでたまらないからな。だから日頃、カエルの命が何よりも大事と口癖のように言ってるが、ウシガエルのカエル殺しを非難するのを聞いたことがない。それに、あいつはナパージュよりもウシガエルの味方なんだ。そもそも、昔、ナパージュのツチガエルが罪もないウシガエルを大量に殺したという嘘《うそ》を広めたのもあいつだからな」

「デイブレイクがそんな嘘を？」

「まあ、もともと初めに嘘をついたのはウシガエルだけどな。だけど、世界は誰も信用しなかったので、ウシガエル自身もそのうち言わなくなった。それから何年も経《た》って、当のウシガエルもそんな嘘を言っていたのを忘れた頃になってから、突然、デイブレイクが大きな声で言い出して、世界中に広めたんだ。それを聞いてまたウシガエルも騒ぎだした」

「そうだったんですか」

「情けないのは、ナパージュのツチガエルまでそれを信じてしまったことだ」

「どうして信じてしまったんですか？」

「長い間、デイブレイクはツチガエルたちに、自分こそがナパージュの良心と思い込ませていたからだ」

ソクラテスはなんだかわからなくなってきました。はたして嫌われ者のハンドレッドの言うことを素直に信じていいものだろうかと思いました。デイブレイクはハンドレッドのことを「大嘘つきだ」と言っていました。

「デイブレイクのやつは、ナパージュを貶めることしか考えていないんだ。嘘だと思うなら、朝夕にやっているハスの沼地の集会に行ってみろ。あいつは何時《いつ》もナパージュの悪口を言っている」

ソクラテスは以前の世界を思い出しました。たしかにデイブレイクは毎日、そんなことを言っていたような気がしました。他のカエルの悪口を言ってはいけないと言いながら、デイブレイク自身はいつもツチガエルの悪口を言っていました。

「そう言えば、前にこんなこともあった」ハンドレッドは言いました。「南の原っぱに、とてもきれいな木があったんだ。ところがある時、その木にひどい傷がつけられていた。デイブレイクはハスの沼地の集会で顔を真っ赤にして大きな声で言ったよ。『この美しい木にこんなひどい傷をつけるのがナパージュのツチガエルだ。ツチガエルは心の歪《ゆが》んだ恥ずかしいカエルだ！』と」

「本当なら、その通りですね」

ハンドレッドは笑いました。

「ところが、実際にその木に傷をつけたのは、デイブレイク自身だったんだ。それを見ていたツチガエルが何匹もいて、それが発覚した」

ソクラテスとロベルトは同時に「えー！」と声を上げました。

「なんのためにそんなことをしたんですか」

「さっきから何度も言ってるだろう。デイブレイクはナパージュとツチガエルを貶めたいからだ」

ソクラテスはハスの葉の上で喋《しゃべ》っていたデイブレイクの言葉を思い出しました。彼は、自分がちゃんと見張っていないと、ツチガエルたちはまた悪いことをすると言っていました。だからデイブレイクとすれば、ツチガエルたちに「悪いことをしてはいけないよ」と伝えたかったのかもしれません。でも、デイブレイクの見方がどうであろうと、ウソはいけないと思いました。

「まあ、それはともかく、ウシガエルの王様を呼んだ手前、プロメテウスは、ウシガエルたちをナパージュに入れないようにはしない。というか――できない」

ソクラテスは、いくらウシガエルの王様が大切でも、そのためにナパージュのツチガエルの命を危険に晒《さら》すなんてことはしないんじゃないかという気がしました。もし、ウシガエルの流入を止めないとすれば、何か別の理由があるんじゃないだろうかと。

ハンドレッドはにやりと笑いました。

「お前、今、プロメテウスがウシガエルの流入を止めないのは別の理由があるんじゃないかと思っただろう」

図星を指されて、ソクラテスは少し動揺しました。

「たしかにプロメテウスは善良なツチガエルだ。ウシガエルを止めない理由は別にあるのかもしれん」

「それはなんですか」

「ウシガエルの国から入ってくるハエや虫はナパージュの多くのツチガエルにとって、今や欠かせないものになってしまった。ウシガエルを怒らせば、彼らのハエを当てにしているツチガエルの中には困るやつが多数出るということだ」

どうやらこの世界ではウシガエルの国とナパージュの関係は切っても切れないもののようです。

「つまり、ウシガエルのお蔭《かげ》でナパージュも少しは潤《うるお》っているわけですね」

「最初はな」とハンドレッドは言いました。「しかし、すぐにツチガエルが研究した虫やハエを増やすノウハウまで、全部やつらに取られてしまった。今ではウシガエルからおこぼれを貰う始末だ。それでもナパージュのツチガエルは文句も言わず、ウシガエルから貰えるわずかなハエや虫をありがたがっているんだ」

その話は前にスチームボートも言っていたのを思い出しました。スチームボートは「腰抜けのカエルだよ」と笑っていました。

「ウシガエルの奴らは、ツチガエルのお蔭で美味《おい》しいハエや虫をたらふく食べて、今度はナパージュにやってきて住み始めたんだ」

「それもプロメテウスが認めたんですか？」

「そう見てもいいだろう。プロメテウスが元老のトップになってから、ウシガエルが沢山やってくるようになったからな」

「プロメテウスはウシガエルとは仲がいいんですか」

「よくはないだろうな」

「なら、なぜそんなことをしたんですか？」

「プロメテウスが元老のトップになれたのは、同じ元老の長老であるツースステップが応援してくれたからなんだ。このツースステップという野郎は昔から、ウシガエルから大量のハエや虫を貰っているという噂だ。ほかにも元老の中にはウシガエルからこっそりとハエを貰っているのがいるらしい。そういう奴らがプロメテウスに、ウシガエルのために便宜《べんぎ》を図《はか》るように言っているという話だ」

　同じ話を前にも別のカエルから聞きました。でも、それは本当なんだろうかとソクラテスは思いました。

「信じられないという顔をしているな」

ソクラテスは頷きました。

「今、言ったことは何の証拠もない。見たわけじゃないからな。しかし、ウシガエルがナパージュにどんどんやってくるようになったのも、そこら中に住みだしたのも、すべてプロメテウスが元老のトップになってからだ。その事実を、お前はどう思う？」

ソクラテスは何と言っていいかわからなくなりました。

「でも、ツーステップが一番悪いのなら、プロメテウスはむしろ被害者なんじゃないですか」

ロベルトが訊《き》きました。

「被害者か――」ハンドレッドは皮肉っぽい笑みを浮かべました。「そういう見方もできるが、わしに言わせれば、単なる優柔不断だな。プロメテウスがツチガエルの人気を得たのも、『三戒を破棄する』と勇ましいことを言ったからだ。ナパージュではそんなことを言った元老は何年もいなかった。それでプロメテウスは元老のトップにまでなった。ところが、トップになってからは、『三戒』の破棄なんか全然やろうとしない」

「そうなんですか」

「もともと『三戒』というのは、ツチガエルが作ったものじゃない。スチームボートが勝手に作ったものだ。『お前たち、これを守れ!』とな。つまりツチガエル自身の意志はどこにもなかったんだ。ところが、それをツチガエル自身が破棄できないんだ。これをどう思う?」

「どう思うって言われても――それってツチガエルが決めることでしょう」

ソクラテスはそう答えながら、前の世界のことを思い出しました。あの時は、プロメテウスの懸命の努力で、「三戒」を破棄するかどうか、ナパージュのツチガエルたち全員で決めることになりました。そしてわずかな差ながら、「三戒は破棄しないで残す」ということになりました。その結果、最終的にナパージュはウシガエルに奪われ、ツチガエルたちは悲惨な目に遭いました。

「クソアマガエルの言うとおりだ」とハンドレッドは苦笑しながら言いました。「本来はツチガエルたちが選んだ元老が決めるべきことだが、元老たちはまったくなにもやろうとしない」

「実際にナパージュのツチガエルたちは『三戒』の破棄を望んでるんですか」

これがソクラテスの一番気になるところでした。はたしてパラレルワールドのナパージュはどうなのか――。

ハンドレッドは腕組みして言いました。

「そのあたりは微妙だな。というのは、デイブレイクが毎日、ハスの沼地の集会で、『三戒』はとても大切だと演説してるし、お祭り広場でもマイクがいつも言ってる。デイブレイクやマイクの言ってることを毎日聞いているツチガエルは、『三戒』というのはこの世で最も素晴らしいものだと思い込んでいる」

ソクラテスの脳裏《のうり》にローラの姿が浮かびました。前の世界で、ローラはウシガエルたちに虐殺されましたが、最期《さいご》の言葉は「大丈夫よ。ひどいことにはならないわ。だって、ナパージュには三戒があるんですもの」というものでした。

ハンドレッドは言いました。

「プロメテウスは『三戒』は破棄しないくせに、この前、とんでもない規則を決めたんだ。ハエを十匹食べたら、一匹はナパージュの国に差し出せというものだ。大勢のツチガエルが、今はハエが足りないのでやめてほしいと頼んでるにもかかわらず、強《ごう》引《いん》に決めやがった」

ソクラテスとロベルトは顔を見合わせました。前にいた世界では、プロメテウスは勇敢《ゆうかん》な元老でしたが、どうやらこの世界では少し違うようです。

「ハンドレッドさんの言うことを聞いていると、ウシガエルの沼で病気が流行っているのに、ウシガエルがナパージュに入ってくるのをプロメテウスが止めない理由は、ウシガエルの王様をお客様として招いていることと、ウシガエルのハエを当てにしているツチガエルのお願いを聞いてるからみたいですね」

「そういうことだな。いや、それは違うというツチガエルもいるがな。そういう奴は、元老たちはお前なんかよりももっと深いことを考えているとか抜かしやがる。そういうことを抜かすカエルに、じゃあ、たとえばどんなことだと聞いてやれば、何も答えられないんだ。ただ、何の根拠もなく、元老たちは深いことを考えていると無条件に思い込んでいるだけなんだ」

　ソクラテスはハンドレッドの言葉になるほどと思うところもありましたが、あまりの口の悪さに閉口《へいこう》しました。

「でもな」とハンドレッドは言いました。「プロメテウスがウシガエルを止めない本当の理由は別にある」

「本当は何なんですか？」

「プロメテウスにガッツがないからだ」

「ガッツですか――」

「ウシガエルをナパージュに入れないなんてことをやれば、大変な騒ぎになる。まず、ウシガエルが怒るし、お客様としてやってくる王様の件もある。ウシガエルの国で虫を育てさせているツチガエルも困る。やってくるウシガエルが持っているハエを頼みとしているツチガエルも困る」

「たしかに大変なことになりますね」

「要するに、そういう大変なことを背負いたくないというだけのことだ。もし、実際にそんなことをして、例の新しい病気がウシガエルの沼でひゅーっと収《おさ》まってしまったらどうなると思う？」

「プロメテウスはナパージュのカエルに袋叩きにされますね」

「そういうことだ。実際に、病気なんかたいしたことがないと言ってるディーアールは多いしな。つまり、プロメテウスはそういうリスクを取る勇気がなかったということなんだ」

　ハンドレッドは珍しく真剣な表情でまくしたてました。

「いいか、よく聞け。元老みたいな仕事は誰でもできる。どんなバカでもやれるんだ。わしでもできる。しかし、それは何も起こらない平和な状態でのことだ。もし、今回のように今まで経験したこともない事態に直面したら――その時こそ、元老の真価が問われるんだ」

ソクラテスは思わず頷《うなず》いてしまいました。

「でも、初動が遅かったのはたしかですが、こんな事態になってしまったら、さすがのプロメテウスや元老たちも、ウシガエルをナパージュに入れないと決めるんじゃないですか」

ソクラテスの言葉に、ハンドレッドは「さあ、それはどうかな」と言いました。

「どうしてですか？」

「ナパージュのカエルたちは、昔から、何か恐ろしいことが起こりそうな時でも、たいしたことにはならないと考えるんだ。そんなにひどいことにはならないだろうと。それと、もうひとつ、昔からナパージュは大きな決断ができないんだ。決めるのも動くのも、ものすごく遅い。こうした方がいいとわかっていても、なかなか決められない。動けない。だから、今はウシガエルをナパージュに入れるのは危ないと多くのツチガエルが気付いているが、動けない」

そう言われて、前にいた世界でもナパージュはそうだったとソクラテスは思いました。あの時も、ウシガエルたちにやられそうになっても、ツチガエルたちは最後まで動きませんでした。「三戒」を破棄すれば、ナパージュを守れたかもしれないのに、結局、その大きな決断ができないまま、最終的には国そのものが滅《ほろ》んでしまいました。

「すると、ナパージュはどうなりますか」

「さあな、ウシガエル病が広まるか、広まらないかは運だな。要するにプロメテウスは運に賭《か》けたというわけだ」

ソクラテスの胸に不安がいっぱいに広がりました。

「ハンドレッドの言っていたことをどう思う」

ハンドレッドと別れると、ロベルトが言いました。

「プロメテウスが運に賭けたというのは本当だと思う。実際に、病気が広まるかどうかはわからないからな。でも、ぼくらは病気が広まることを考えて、用心しておくべきだと思う。緑の池に行く前に水仙の花をもう少し取っておこう」

「そうだな。自分たちの身は自分たちで守らないとな」

二匹は水仙が咲いている池のほとりまでくると、いくつかの花をちぎりました。

「これだけあれば、しばらくは持つだろう」

二匹が新しい水仙を鼻と口に当てていると、ばったりとローラに会いました。

「何をしているの、ふたりとも。水仙の花を顔にくっつけたりして」

ローラは笑いながら言いました。「もしかして、新しい病気が怖いの？」

「万が一の用心だよ」

「大袈裟《おおげさ》ね」ローラは言いました。「あの病気は風邪みたいなものだと、ディーアールたちは言ってるわ。たとえかかっても、ひどいことにはならないって」

「そのカエルの言うことは間違いないの？」

「間違いないわ。だってお祭り広場で言ってたんだもの」

「お祭り広場で言ってることは正しいの？」

「あなた、何も知らないのね」ローラは呆《あき》れたような顔をしました。「ナパージュではお祭り広場で喋るカエルの言うことは、みんな聞くのよ。マイクはちゃんとしたカエルしか呼ばないいんだから」

「マイクってそんなにすごいの？」

「ナパージュでは、賢い人はデイブレイクの言うことをしっかり聞くの。でもデイブレイクの言うことは時々難しいから、あたしみたいなあんまり賢くないカエルは、お祭り広場でマイクの言うことを聞くのよ。マイクはデイブレイクの言ってることを、わかりやすく伝えてくれる。実はここだけの話、マイクはデイブレイクの弟なのよ」

ソクラテスはそうだったのかと思いました。マイクの言っていることがデイブレイクの言っていることとよく似ていたのはそのためだったのです。

「デイブレイクやマイクと違う意見は、お祭り広場では聞けないの？」

「デイブレイクやマイクと違う意見？」ローラは言いました。「それって間違った意見でしょう。そんな意見、聞く必要もないじゃない」

「たとえば、ハンドレッドとかがお祭り広場で喋ることはないの？」

「あの嫌われ者！」

ローラは声を上げました。「あんなバカで下品なカエルの言うことなんか誰も聞かないわ。言ってることは全部間違いだし。マイクが呼ぶわけがないわ」

「ハンドレッドが間違ってるという証拠は？」

「だって、デイブレイクがいつも言ってるわ。ハンドレッドはどうしようもない嘘つきだって」

「デイブレイク以外にもそう言ってるカエルはいる？」

「もう、しつこいのね。そんなの興味ないわ」

ローラはそう言うと、また歌をうたいながらどこかへ行ってしまいました。

「元老会議に急ごう」

ふたりは元老会議が行われている池に向かいました。

ソクラテスとロベルトが緑の池に着くと、ちょうど元老会議が始まるところでした。池の周囲にはいつもよりも多くのカエルたちがいました。

最初に若い元老が池の周囲に集まっていたカエルたちに向かって言いました。

「えー、皆さんに発表することがあります」

そのカエルはもったいぶってひとつ咳払《せきばら》いをしました。

「春にウシガエルの王様がナパージュに来られる予定でしたが、ウシガエルたちの病気が大変だということで、秋以降に延期になりました」

周囲のカエルたちに小さなどよめきが起こりました。

「聞いたか、ソクラテス」ロベルトは言いました。「ウシガエルの王様が来られなくなったということは――」

「ウシガエルをナパージュに入れない決定をするまでのハードルが、ひとつなくなったということになるな」

ロベルトは頷きました。

若い元老に代わって、プロメテウスが立ち上がりました。

「ツチガエルの皆さん」とプロメテウスは言いました。「私たちはさきほど、ウシガエルの国から来る、病気を持ったウシガエルを入れないことを決めました」

周囲からぱらぱらぱらと拍手が起こりました。ソクラテスとロベルトは思わず顔を見合わせました。

その時、池の岸にいたデイブレイクが怖い顔をして質問しました。

「全部のウシガエルを入れないんですか」

「いいえ」とプロメテウスは答えました。「病気でないウシガエルはナパージュに入ってきてもらってもかまいません」

デイブレイクは満足そうに頷きました。

池のほとりにいた一匹のカエルが手を挙《あ》げて質問しました。

「どうやって病気のウシガエルかどうかを見分けるのですか？」

「『水際《みずぎわ》作戦』で完全に食い止めます」

プロメテウスはそう言って胸を張りました。

「ナパージュに入ってくるウシガエルに、あなたは病気ですかと訊ねます。病気と答えたウシガエルはナパージュには入れません。これでナパージュには病気はまったく入ってこなくなります」

池の周囲にいたツチガエルたちは一斉《いっせい》に拍手しました。

しかしソクラテスは、それってそんなに完璧《かんぺき》な作戦なのだろうかと思いました。ウシガエルが正直に申告するかわからないし、仮にウソでなくても、病気に罹《かか》っている自覚のないウシガエルもいるかもしれません。そう考えると、この「水際作戦」はプロメテウスが胸を張るほど素晴らしいものには思えませんでした。

第三章

　残念なことに、ソクラテスの危惧《きぐ》は当たってしまいました。ナパージュでも新しい病気にかかったツチガエルが何匹も出てきたのです。その中には重い症状のカエルもいました。どうやら「水際《みずぎわ》作戦」がうまくいかなかったか、あるいはその前にもう病気が入り込んでいたようです。

　ナパージュのカエルたちの間に小さなパニックが起き始めていました。

　元老会議では、プロメテウスを目の敵にする一部の元老たちがプロメテウスを糾弾しました。

　その筆頭《ひっとう》であるガルディアンが血相《けっそう》を変えて言いました。

「今、ナパージュは大変なことになっています。なぜ、ウシガエルの国で病気が蔓延《まんえん》していたときに、プロメテウスは、彼らがナパージュに入ってくるのを止めなかったのか！」

ガルディアンの仲間の元老たちが「そうだ！」と叫びました。

「私たちが元老会議で、ずっと前からウシガエルの病気のことを言ってたのに、プロメテウスは何もしなかった。この責任は重い」

デイブレイクが池の岸から、「その通りだ！」と声を上げました。

プロメテウスは困ったような顔をしています。

「ガルディアンたちはそんなこと言ってたか？」

ロベルトはソクラテスに訊《き》きました。

「ぼくの覚えている限りでは、彼らはずっとチェリー広場の話ばかりしていたような気がする」

「だよな」

しかしガルディアンの仲間たちはほぼ全員が、「自分は元老会議でずっと言ってたのに」と言い、次々とプロメテウスを非難しました。

「さっきからガルディアンたちの言ってることを聞いてるんだけど、なにかおかしいよな」ロベルトがぽつりと言いました。「彼らは病気からナパージュを守ろうという気はまるでないみたいだ」

それはソクラテスも気付いていました。ガルディアンとその仲間の元老たちの中には、どうすればこの病気の蔓延を防げるかという話をするカエルは一匹もいませんでした。話していることは、「プロメテウスが悪い」「責任を取れ」ということばかりでした。

「元老たちの仲が悪いのはわかるけど、今は、協力して、病気の蔓延を防ぐことに努力しないといけないんじゃないのか。でも、ガルディアンたちにはその気がまったくないように見える」

ロベルトの言葉にソクラテスは頷《うなず》きました。

ソクラテスとロベルトは、元老会議でのやり取りがナパージュのカエルたちにどのように受け止められているのかを知るために、お祭り広場に行ってみることにしました。

途中、出会った多くのツチガエルが水仙の花で鼻と口を覆《おお》っていました。病気の不安が広がるにつれ、皆が競って水仙の花をつけるようになったのです。その頃にはナパージュに咲いていた水仙はあっという間になくなってしまいました。

「ぼくらは、ハンドレッドの言うことを聞いて、いくつか水仙の花を手に入れておいてよかったな」

「いや、あいつは適当に言ったんだよ。それがたまたま当たっただけのことだ」

ロベルトはハンドレッドのことを認めようとはしませんでした。

お祭り広場には多くのツチガエルが集まっていました。その中央にいつものようにマイクが立っています。

「皆さん、素敵な報《しら》せがあります」

マイクが嬉《うれ》しそうな顔で言いました。

「西の林に住むノッポさんが水仙の花を百個もウシガエルの国に送りました」

ツチガエルたちの間にどよめきが起こりました。

「ノッポさんは西の林に住むツチガエルたちのリーダーです。それが西の林の水仙を、困っているウシガエルのために百個も差し上げたのです」

何匹かのツチガエルが拍手をしました。

「ノッポさんです」

マイクが紹介すると、年老いたツチガエルがニコニコ笑いながら、中央に現れました。

「ウシガエルと仲良くやっていくのはナパージュの使命だから、がばっと送りましたよ。西の林には百二十個の水仙の花があったのだけど、そのうちの百個を送りました。いやあ、いいことをするのは気持ちいいですね」

広場に集まったツチガエルたちから拍手が起こりました。ノッボが満足そうに微笑《ほほえ》んでいます。

「いいカエルだなあ、ノッボって」[illegible]ルトは感心したように言いました。「西の林に住むツチガエルたちも誇らしいだろうなあ。そう思わないか、ソクラテス」

ソクラテスは曖昧《あいまい》に頷きました。たしかにその行為はとても素敵だけど、西の林に住むツチガエルにははたして水仙の花が行き渡っているのだろうかと思ったのです。それにノッボにもマイクにも危機感がまったくないのが気にかかりました。

マイクはまた大きな声で言いました。

「それだけじゃありませんよ。東の池のリーダー、スモールグリーンさんも、弱った体に効くニラの葉を三百枚、ウシガエルの国に差し上げたのです」

ツチガエルたちの間で「おお」という声が起こりました。ニラの葉はとても貴重なものだからです。それに、東の池はナパージュで一番大きな池で、たくさんのツチガエルが住んでいます。

ソクラテスは、そんなにたくさんのニラの葉をウシガエルの国にあげてもいいのだろうかと思いました。もし東の池で新しい病気が流行《はや》った時はどうするんだろう。

「スモールグリーンさんにそれを勧《すす》めたのは、ツーステップさんだということです。

ツーステップさんは素晴らしいカエルです」

　ツーステップの指示で送られたということを聞いて、ソクラテスは危《あや》うく声をあげそうになりました。その瞬間、ハンドレッドがツーステップについて語っていたことはあながち噂だけでもなかったのかもしれないと思いました。

「他にも、ナパージュの様々な地域に住むリーダーたちは、水仙やニラの葉をウシガエルの国に送っています。いずれも素晴らしい行為です。皆さん、拍手です」

　周囲のツチガエルたちは一斉に拍手しました。

「やっぱり、ナパージュのツチガエルは素敵なカエルたちだなあ」

　ロベルトは感極まったような声で言いました。

　しかしソクラテスは不安な気持ちが消えませんでした。もし、ナパージュでさらに病気が広まったら、どうするつもりなのか。いや、ウシガエルの国に水仙やニラの葉を送ったリーダーたちは、ナパージュでは病気はこれ以上は広まらないと考えているのではないかと思ったからです。

　ところが、その日以降、状況は良くなるどころかどんどん深刻化していきました。ツチガエルたちの中で病気にかかるものが大量に出てきたのです。以前とは比べものにならないくらいの数です。

しかももっと恐ろしいことに、ついに病気で死ぬツチガエルが現れました。

ツチガエルたちに、再び大きな動揺が走りました。なぜなら、この病気で死ぬことは滅多にないと、それまで多くのディーアールが言ってきたからです。

次の日、デイブレイクはハスの沼地の集会で、深刻な顔で言いました。

「これは恐ろしい病気です」

今までとはまるで違うデイブレイクの様子を見て、ハスの沼に集まっていたツチガエルたちの顔も青ざめました。

「こんな恐ろしい病気がナパージュに広まるとは、大変なことです」

デイブレイクは周囲のカエルたちを見渡して言いました。

「この病気の広がりの原因を作ったのは誰でしょうか?」

沼に浮かんでいたツチガエルの一匹が「プロメテウス!」と叫びました。

「そうです」

デイブレイクは満足そうに言いました。

「これはまさにプロメテウスのせいです。ウシガエルの国で恐ろしい病気が蔓延していたのに、彼は何の手立ても講じなかったのです」

ハスの沼に集まっていたカエルたちは一斉に「そうだ、そうだ」と言いました。

その様子を見ていたロベルトは「あれ？」と首をかしげました。「デイブレイクが前に言っていたこととちょっと違っていないか」

「うん。この病気は恐ろしい病気だなんて、言ってなかったような気がするな。ぼくが覚えているのは、『ウシガエルを排除してはならない、共に手を洗おう！』だ」

ハスの葉の上に乗っていたデイブレイクは、大きな声で言いました。

「これは全部プロメテウスのせいです」

デイブレイクに賛意を示すカエルたちは「そうだ、そうだ」と言いました。ソクラテスとロベルトはそっとハスの沼を離れました。

「なんだか全部プロメテウスのせいになってるな。プロメテウスはこれからどうするんだろう」

「元老会議に行ってみよう」

二匹はその足で緑の池に行きました。

元老会議は大騒ぎでした。

いつものように、ガルディアンが大声で怒鳴っています。

「ナパージュで病気が広まったのは、プロメテウスのせいだ。責任を取って今すぐ辞《や》めろ！」

例によってガルディアンの仲間の元老たちが「辞めろ、辞めろ！」と叫んでいます。

プロメテウスが立ち上がって言いました。

「私はさきほど、すべてのウシガエルをナパージュの国に入れないようにすることを決めました」

元老たちの間にちょっとした動揺がありました。

プロメテウスは胸を張って言いました。

「私は前に『水際作戦』で、病気のウシガエルが入ってこないようにしました。そして、今回はそれ以外のウシガエルも入ってこないようにします。このように、私はこの病気に対して、常に先手先手で手を打ってきています」

池の周囲にいたツチガエルたちは「おおっ」という声を上げました。ソクラテスは、先手の意味が違うような気がしましたが、黙っていました。

その時、デイブレイクが手を挙げ、立ち上がって質問しました。彼がいつのまに緑の池に来ていたのか気付きませんでした。

「すでにナパージュにやってきたウシガエルを追い返すのですか」

「ウシガエルの国からやってきたウシガエルには、しばらくの間、そこから動かないようにお願いします。それからウシガエルの国に帰ってもらいます」

「お願いするだけですか？」

「そうです」

「ウシガエルが言うことを聞かずにナパージュ中を歩き回ったら、強制的に連れ戻すんですか？」

「いえ……歩き回らないように、お願いをします」

デイブレイクは納得したように再び座りました。

ガルディアンも黙っています。そして元老会議は微妙な雰囲気で終わりました。

「おいおい」ロベルトはソクラテスに言いました。「お願いするだけで大丈夫なのか」

「さあ」

ソクラテスも首をひねりました。胸の中で嫌な不安がどんどん大きくなってくるのがわかります。

元老会議からの帰り道、葦《あし》の草むらでばったりとエコノミンに出くわしました。

「おい、大変なことになったな」

エコノミンは言いました。

「まさかこんな大事になるとはな。未知の病気ってのは怖いもんだな」

ソクラテスは「そうですね」と答えました。

「俺はこうなることを心配していたんだ」

「たしか、あなたは――」とソクラテスは言いました。「ウシガエルがナパージュに入ってくるのを止めても効果はないと言っていましたね」

「うん。もしあの時、ウシガエルが入ってくるのを止めても結局は遅れて同じことになったはずだ。これはデータが証明している」

「今さっき、プロメテウスがすべてのウシガエルをナパージュに入れないと決めましたよ」

「意味ねえよ！」とエコノミンは叫びました。「ウシガエルを止めても、感染は防げないと前に説明しただろう。そんなことをしても病気が広がるのを遅らせることにしかならないんだ。それに、もうナパージュに病気が入ってしまった。今さら止めてもまったく意味はない」

「でも、ウシガエルの沼では、今もすごい数の病気のウシガエルがいるんでしょう。そのウシガエルが入ってくるのを止めるのは、いいことなんじゃないですか？」

「だからそれはもう効果がないって何回言ったらわかるんだ。今からやるべきは、いかに感染を抑《おさ》え込むかだよ」

「どうすればいいのですか？」

「頑張って、手を洗うんだ」

「それだけ」

「そう。それだけ」

ソクラテスはなんだか肩透《かたす》かしを食らったような気持ちを味わいました。

「でも、思うのですが」ソクラテスは言いました。「ずっと前にウシガエルが入ってくるのを止めていたら、ナパージュで病気が流行るのも遅れたんですよね」

「少しだけね」

「その少しの時間があれば、病気が入ってくる前に、何らかの準備ができたんじゃないですか」

「君、病気のことばかり言ってるが、ハエのことを考えたことがあるか」エコノミンはいいました。「ウシガエルが入ってくるのを全面的に止めたりしたら、彼らが持っているハエも入ってこなくなるんだって前にも言ったろ。ナパージュには、そのハエで暮らしているツチガエルもいる。ウシガエルのハエが入ってこなくなったばかりに、そのツチガエルが死んでしまったらどうするんだ。病気で死ぬのも、ハエが食べられなくて死ぬのも、同じ『死』なんだぞ」

　エコノミンは早口でまくし立てるように言いました。

「ウシガエルを止めろ止めろとバカみたいに言っていたカエルもいるが、いくら止めたって病気の蔓延は防げない。それでも、ウシガエルを入れたくないというなら、敢《あ》えて反対はしないが」

　エコノミンは鼻で笑うように言いました。

「やりたければ勝手にやればいい。俺は別に止めないよ」

「いや、そういう話ではなくて、今はナパージュのカエルたちは何をすればいいのかということを知りたいんです」

「言っとくけどね、俺は常にディーアールたちのデータで語っている。勘で喋《しゃべ》っている馬鹿《ばか》どもとは違う。もし新しいデータが出て、前のデータが違っているとわかったら、いつでも考えを変えるよ。これを科学的と言うんだ」

　エコノミンはそれだけ言うと、再び葦の中に消えていきました。

「エコノミンの言うことも一理あるな」

　ロベルトの言葉にソクラテスは頷きましたが、ソクラテスにはいまひとつよくわかりませんでした。

「ハンドレッドのところに行ってみないか」とソクラテスは提案しました。

「あのひねくれもののところにか？」

「うん。彼は最初からウシガエルを入れるなと言っていた。今となっては、何となくそれが正しかったような気がするんだ。だから、彼が今、この事態をどう思っているか知りたい」

ロベルトはあまり気が進まなそうでしたが、しぶしぶソクラテスについてきました。

洞穴の前まで来ると、ちょうどハンドレッドが出てきたところでした。

「おう、バカのアマガエルか」

ハンドレッドはいきなり憎々《にくにく》しげに言いました。何やら機嫌が悪そうです。

「とうとうナパージュにも本格的に病気が入ってきましたね」

ロベルトがそう言った途端、ハンドレッドは大きな声で「わしの言ったとおりだったろう」と言いました。

「わしは最初からウシガエルを入れるなと言っていた」

ソクラテスは頷きました。ハンドレッドの言ったことは事実です。ソクラテスの知る限り、それを最初から言っていたカエルは、ほかにはイエストールくらいでした。

「でも、それってたまたま当たっただけでしょう」

ロベルトの言葉に、ハンドレッドは目を剝《む》きました。

「何だと！　クソガエル」

「だってハンドレッドさんは病気に詳しいというわけでもなかったでしょう」

「病気に詳しいとか詳しくないとか関係ない。ウシガエルの沼で、今までなかった病気が発生して、たくさんのウシガエルが沼の端に閉じ込められている——それを怖《おそ》れるのは当たり前だろう」

ソクラテスはハンドレッドの言っていることはもっともなように思いました。

「今ぼくたちはどうしたらいいのですか？」

ソクラテスは訊《たず》ねました。

「どうしたら？」

ハンドレッドはじろりと睨《にら》みました。

「もう何もかも遅い。今さら何やっても無駄だ」

「でも、何かやれることはあるでしょう」

「ない」ハンドレッドはにべもなく言いました。「わしがあの時、ウシガエルを入れるなと、あれだけ言っていたのに、プロメテウスも他の元老も何もしなかった」

「それはさっき聞きました」

「うるさい。何度でも言ってやる。わしはウシガエルを入れるなと何度も言った。それなのにプロメテウスのやつは何もしなかった。わしはあの時に言った。ウシガエルのやつらを――」

ハンドレッドは興奮《こうふん》状態で同じ言葉を繰り返しました。ソクラテスとロベルトはそっとハンドレッドの傍《そば》を離れました。振り返ると、ハンドレッドは誰もいないのにひとりで同じ言葉を繰り返しています。

「怒りで頭がおかしくなっているな」

ソクラテスの言葉に、ロベルトは「あいつの頭がおかしいのは前からだよ」と答えました。

「それにしても、ナパージュはどうなるのかな」

「スチームボートに話を聞きに行くのはどうだろう。あのワシなら世界中を飛んでいるから、いろんな話を知っているかもしれない」

二匹のアマガエルはスチームボートが住んでいる岩山に行きました。

スチームボートは頂上にいましたが、なにやら元気がなさそうです。

「スチームボートさん、どうしたんですか。具合でも悪いのですか」

「アマガエルか」スチームボートが弱々しい声で言いました。「どうも、わしもウシガエルの病気に罹《かか》ったらしい」

二匹はあまりの衝撃に一瞬言葉を失いました。

「ワシも罹るんですか」

「どうもそうらしい。ウシガエルに近づかなければ大丈夫だろうと思っていたが、別の国を飛んだ時に罹ったようだ」

「大丈夫ですか」

スチームボートは力なく首を横に振りました。

「今は飛ぶこともできない。いつもは南の崖《がけ》のあたりを定期的に飛ぶんだが、それもできない」

その言葉を聞いて、ソクラテスとロベルトは、ハッとしました。南の崖はどうなっているんだろうと思ったからです。

「お前たち、一度見てきてくれないか」

スチームボートの言葉に、ソクラテスは「はい」と答えました。

二匹は岩山を降りると、南の崖に向かいました。

南の崖に着くと、そこにはハンニバルとその弟ゴヤスレイが立っていました。

「やあ、アマガエル君」

ハンニバルが声を掛けてきました。

「どうしたんですか。何かあったのですか？」

「南の崖をウシガエルが登ってこようとしている」

ソクラテスは驚きました。思っていたとおりだったからです。

「ウシガエルたちも病気で大変なのに、こんな時でも崖を登ってくるのですか」

ソクラテスがそう言うと、ハンニバルは忌々《いまいま》しげに頷きました。

「あいつらはものすごい数いるから、病気で少々死んでも、平気なんだろう。それどころか、スチームボートが飛べないということを知ったらしく、このところ、毎日のように南の崖を登ってくる。その数は以前よりずっと多い」

「それって、ひどくないですか」ロベルトが言いました。「だって、ウシガエルの病気のせいでナパージュが苦しんでいる時に、南の崖を登ってくるなんて」

「ウシガエルたちは、その病気はスチームボートが持ち込んだと言っている」

「ええっ！」

ソクラテスとロベルトは同時に声を上げました。

「別に驚くことじゃない。ウシガエルはいつだって、そんなウソを言ってるんだ。そんなことよりも、もっと恐ろしいことが起きている。はるかに西に住んでいるカエルたちにも、ウシガエルの病気が広まって、次々に死んでいるという話だ。聞くところによると、西のカエルたちもウシガエルのハエがほしくて自分たちの国にウシガエルを入れていたそうだ」

その話を聞いてソクラテスはぞっとしました。

「じゃあ——世界中のカエルが病気に罹っているんですね」

「そういうことだ。今、この病気は世界中に広まった」

「防げたカエルはいないんですか」

「ウシガエルの沼の東にある小さな池に住んでいるカエルたちは、すべてのウシガエルを入れないことで、病気の流行を防ぐことに成功したみたいだ」

ロベルトが「すごい！」と言いました。

「そのカエルはウシガエルのハエを当てにはしてなかったんですね」

ソクラテスが訊きました。

「いや、ナパージュ以上にウシガエルのハエを当てにしていたカエルたちだ。でも、そのハエ欲しさにウシガエルを池に入れたら大変なことになるとリーダーが考えて、ウシガエルを一切入れなかったんだ」

「勇気のあるリーダーだったんですね」

「最高のリーダーだ」ハンニバルは言いました。「そのリーダーは、最初は、多くのカエルたちに責められたらしいが、今では英雄として尊敬を集めている」

「ナパージュのプロメテウスはリーダーとしてどうですか？」

ロベルトが訊きました。ハンニバルは少し困ったような顔をしました。

「プロメテウスはよい指導者だと思う」

ハンニバルはそう言った後で、「平和な時代ではな」と付け加えました。その表情にはどこか寂しさが漂《ただよ》っていました。

「それって、危機的な状況に上手《うま》く対応できなかったということですか」

「それはぼくの口からは言えない。でも、これだけは言える。危機的な状況の時こそ、指導者の本当の能力がわかる、と」

ソクラテスは、似たようなことをハンドレッドも言っていたことを思い出しました。

「実は、ぼくはプロメテウスに期待していた」ハンニバルは言いました。「というのも、彼は『三戒』を破棄すると言っていたからだ。それに、ぼくたち三兄弟をナパージュのみんなに認められるようにするとも言ってくれていた」

「そうだったんですね」その時、ゴヤスレイが口を開きました。

「あなたたちも知っていると思うけど、ぼくらはずっと南の崖を守っています。でも、デイブレイクにはいつも悪口を言われているし、マイクにも時々、悪口を言われています。ガルディアンからは一度『カエル殺し』と言われたことだってあります。ぼくらはこれまで一度もカエルを殺したことはないのにね」

「ひどい」

「デイブレイクやマイクやガルディアンがいつも悪口を言ってるものだから、ナパージュのカエルたちの多くも、ぼくらを軽蔑《けいべつ》してます。大雨が降ったりして流されたカエルたちを助けに行っても、ぼくたちが差し出す虫などを受け取るのを拒否するカエルもいます」

「つらいですよね」

「そんなぼくらを、プロメテウスは、ナパージュのカエルに認められるようにすると、約束してくれたんです。だからぼくらはプロメテウスをずっと応援していました。でも――あれから長い時間が経《た》ちましたが、まったくやってくれません」

「でもそれって、もしかしたら、ガルディアンとかデイブレイクが反対しているからじゃないですか」

「それもあるかもしれないね」

　ハンニバルは悲しそうな顔で言いました。

「でもね、アマガエル君。もしプロメテウスがウシガエルの沼の東にある池のリーダーのように、ウシガエルの流入を全部ストップしていたら――」

「はい」

「最初はウシガエルのハエが入ってこなくなったカエルたちが大騒ぎして、それにデイブレイクやガルディアンも怒り狂って、プロメテウスは散々に非難されただろうけど――」

「今になってみたら、英雄になっていましたね」

「そういうこと」とハンニバルは力なく微笑みました。「そうなれば、ぼくらとの約束も実行できたかもしれないし、もしかしたら、『三戒』も破棄できたかもしれない」

　ソクラテスの胸にハンニバルの悲しみが伝わってきました。

「ひとつ訊いてもいいですか」ソクラテスは言いました。「ハンニバルさんたちは、多くのツチガエルに嫌われてるのに、どうしてナパージュのために頑張るのですか？」

「それはぼくらがナパージュのツチガエルだからだよ。それと、今は亡《な》き父の遺言《ゆいごん》なんだ。父は昔、スチームボートと争った。最後は敗《やぶ》れて殺されたんだが、亡くなる前にぼくたちに言ったんだ。ナパージュのために生きろと」

「立派なお父さんだったのですね」

「父は今もナパージュのカエルたちに憎まれている。ナパージュをひどくしたのは父だと。デイブレイクはもう何年も何年もそう言い続けている。また、昔、ウシガエルを虐殺《ぎゃくさつ》したのは父だとも言っている」

「それって――」

「もちろん出鱈目《でたらめ》だ。でも、ぼくがいくらそれを言っても、ナパージュのカエルたちは信じてくれない。この国ではデイブレイクやマイクの言うことが真実ということになっているからね。それにナパージュのツチガエルたちは、ぼくらの言うことは信じないのに、ウシガエルの言うことは信じるんだ」

「それって、なぜなんですか」

「ナパージュでは、ウシガエルやヌマガエルは嘘《うそ》を言わないと信じられているんだ。彼らの言うことを否定すると、デイブレイクやマイクたちに袋叩《ふくろだた》きにされる」

ソクラテスは黙って頷きました。

「知ってますか?」とゴヤスレイが言いました。「ぼくらはナパージュの多くのツチガエルよりも、貧しいものしか食べてないんですよ。ぼくらが住んでいるところは、ほとんどハエも虫もいません」

「そうだったんですね」

「でも、そんなことはたいしたことじゃないんです。ぼくらは粗食に耐えることができます。ただ、そんな扱いを受けているのが少し悔しくて」

「そんなんで、もしウシガエルが南の崖を登ってきたら、争えるのですか」

「ナパージュを守るためなら、争わなくてはいけません」

「でも、『三戒』があるから、争えないいんじゃないですか」

「だから、ぼくたちは守ることしかできません。それも相手を傷つけないように」

「そんなの可能なんですか?」

「不可能でもやらないと」ハンニバルが代わって答えました。「今もワグルラが南の崖の中腹に降りて、ウシガエルを見張っている。もしウシガエルが向かってきたら、命を捨てる覚悟で崖を守る」

ソクラテスはハンニバルたちの不屈《ふくつ》の闘志《とうし》に感動する一方で、その悲壮《ひそう》な覚悟と、兄弟たちが置かれている厳しい状況に言葉を失ってしまいました。

「ハンニバル兄弟って、すごいよね」

ハンニバルたちと別れてから、ロベルトはしみじみとした口調で言いました。

ソクラテスは黙って頷きました。

「覚えているかい、ソクラテス」ロベルトは言いました。「前の世界では、ワグルラがウシガエルからツチガエルを守ったことを。その時、彼はウシガエルと争ったことで、『三戒』を破ったとして、死刑になった」

「忘れるもんか」とソクラテスは答えました。「この世界では、あんな光景は絶対に見たくない」

「でも、ソクラテス。俺たちに何ができる?」

「わからない。でも、ぼくらがこの過去のパラレルワールドに送られたのは、ナパージュを守れという使命を与えられたからじゃないかな」

「俺たちは何をすればいいんだ」

「今はまだわからない。でも、それを探すことが大事なんだと思う。ハンニバル兄弟のためにも。そして、ナパージュのツチガエルのためにも」

ロベルトは大きく頷きました。

ツチガエルたちに何匹か病気が出てから、ナパージュから水仙の花が完全になくなりました。

それまではナパージュのどこにでも普通に咲いていた水仙の花は、今はもうどこを見渡してもありません。

＊　＊　＊

「俺たちも水仙の花を探してみないか。もしどこかに咲いているところを見つけたら、ツチガエルたちに教えてあげようよ」

ロベルトは言いました。ソクラテスは賛成しました。

二匹は、ふだんツチガエルがあまり行きそうもない深い森の奥へ行くことにしました。藪《やぶ》を抜けてしばらく歩くと、水仙がいくつも生えている草むらを見つけました。

よろこんで近づくと、水仙の花の多くはまだ蕾《つぼみ》でした。

「残念だな」ロベルトは言いました。「まだ咲いてないよ」

「でも、明日か明後日には咲きそうだ。この場所を教えてあげれば、ツチガエルたちも喜ぶよ」

「そうだな」

二匹が森から出ようとした時、多くのウシガエルたちが森に入っていくのとすれ違いました。そこには少数のヌマガエルもいました。彼らは、ソクラテスたちが見つけた水仙の蕾に近づくと、いきなりそれをちぎり始めました。

「おいおい」ソクラテスは彼らに声を掛けました。「それはまだ蕾だよ」

しかし彼らはそんな声には耳もかさず、黙々と蕾をちぎっていきます。その中の一匹のヌマガエルが言いました。

「お前たち、何も知らないんだな。蕾でちぎっても、茎《くき》を水の中に浸しておけば、やがて花が開くんだ」

そして次から次へと蕾をちぎっていきました。

草むらにあった水仙の蕾はあっという間に、全部なくなってしまいました。

多くのウシガエルと少数のヌマガエルは大量の蕾を持って、満足そうに去っていきました。その時、ソクラテスは、ウシガエルやヌマガエルの後ろに隠れるようにして、数匹のツチガエルがいたことに気付きました。みんなで分けあえる数の蕾をどんどん摘《つ》んでいく――そんなツチガエルを見たのは初めてのことだったので、ソクラテスはちょっとショックを覚えました。

ロベルトは呆《あき》れて言いました。

「あいつらはああやってナパージュの水仙を取っているのか」

「あんなことをしていたら、ツチガエルたちは水仙の花が手に入らないよ」

「まったくだ」

「元老たちはこんな行為を許しているのかな。プロメテウスは何と言ってるんだろう」

「行ってみるか」

二匹は元老会議へ行ってみました。

緑の池には、やはりいつもより多くのカエルたちが集まっていました。

「なぜ、こんなに多いのですか」

ソクラテスは一匹のツチガエルに訊きました。

「なんでも、今日は重大な発表があるらしい」

元老会議の島で、プロメテウスが立ち上がりました。それまでがやがやしていた島の周囲のカエルたちは静かになりました。

「今から、ナパージュの皆さんに重大な決定をお知らせします」

プロメテウスは厳かに言いました。

「明日からオタマジャクシは今いる池の位置から動かないようにお願いします」

元老会議を見守っていたカエルたちの間に動揺が走りました。プロメテウスは続けました。

「オタマジャクシが泳ぎ回ると、病気が広がる恐れがあります。ですから、ナパージュのそれぞれの地域と池に住むリーダーの皆さんにその徹底をお願いします」

カエルたちの顔に戸惑いの色が浮かびました。小さなオタマジャクシならまだしも、中には大きくなって足や手の生えた者もいます。そんなオタマジャクシに泳ぐなというのはちょっと酷なんじゃないかと、ソクラテスも思いました。

「俺は反対だ！」

そう叫ぶツチガエルがいました。

「俺は中の池と呼ばれる池のリーダーだ。うちの池ではオタマジャクシは自由に泳がせる。お前の言うことなんか聞かないぞ」

プロメテウスは困ったような顔をしました。

「そこをなんとかお願いします」

しかし中の池のリーダーは「うるさい」と言って、帰っていきました。

ガルディアンたちもプロメテウスの非難を始めました。

「こんなお願いは荒唐無稽《こうとうむけい》だ！」

ガルディアンが怒鳴りました。

「そもそも、こんな事態になってしまったのは、全部、お前のせいだ。なんとかしろ！」

ガルディアンとその仲間の元老たちは口々にプロメテウスを糾弾しました。

「では、どうすればいいのですか。ガルディアンさんのお考えを教えてください」

プロメテウスは言いました。

「うるさい！　それを考えるのはトップのお前だろう。この元老会議では、わしらは聞くだけだ」

「あなたたちにはアイデアがないんですか？」

「アイデアを考えるのはお前だ」

「では、あなたたちはどうして元老になったのですか。ナパージュを良くしたいとは思わないのですか」

「わしらはお前を批判するために元老になったのだ。ナパージュを良くするのはお前の役目だろう」

プロメテウスはため息をつきました。

「なんだか、プロメテウスが可哀想《かわいそう》になってきたよ」

ロベルトが言いました。ソクラテスも同感でした。

「でも、プロメテウスは、ウシガエルがナパージュに入ってくるのを止めなかったのは事実だよ」

「それはそうだな。でも、それは多分、ツーステップの命令だとハンドレッドが言っていたぞ」

ソクラテスは元老会議の島にいるツーステップを探しました。ツーステップは島の端っこに坐《すわ》っていました。想像していた以上に年老いたカエルでした。よく見ると、居眠りしています。

「なんか寝ているみたいだぞ」とソクラテスは言いました。

「今、起きたみたいだ」

ツーステップは目を開けて、いったん周囲を見渡すと、またいびきをかいて寝てしまいました。

「あれで元老の仕事が成り立っているのか」

ロベルトの言葉にソクラテスは「さあ」と答えました。同時に、前にハンドレッドが言っていた「元老の仕事なんてバカでもできる」という言葉を思い出しました。

「いずれにしても」ソクラテスは言いました。「相変わらず、元老たちは、この病気の蔓延を何とかして防ぎたいと一致団結していないのはたしかみたいだな」

「そんなんで、ナパージュは大丈夫なのか」

「そんなこと、ぼくに言われてもわからないよ」


元老会議が終わって、ソクラテスとロベルトが緑の池から離れると、池のそばの草むらで何匹かの若い元老が集まっているのが見えました。

その周囲をカエルたちが取り囲んでいます。若い元老が石の上に立って、周囲のカエルたちに向かって言いました。

「皆さん、聞いてください。ぼくたちはプロメテウスに、ずっとウシガエルをナパージュに入れてはいけないと提言してきました」

周囲の何匹かのカエルが熱い拍手を送りました。どうやら集まっているのは彼らのファンのようです。

「あの元老たちは誰なんですか」

ソクラテスは拍手をしていたツチガエルに尋ねました。

「あれはプロテクターズと呼ばれる若い元老たちだ。プロメテウスの子分みたいなもんだが、素晴らしい元老たちだ。いつもいいことばかり言っている。何よりもナパージュのことを考えてきたカエルたちだ」

「そうだ」と別のカエルは言いました。「彼らは地位も名誉も命も欲しがらないカエルたちなんだ。常にナパージュのために命を懸《か》けている。プロメテウスの子分だが、信念のためなら親分の言うことにだって反対する。いざとなれば、プロメテウスの敵にだってなるとも言っている」

「すごい！」

ロベルトが感心したように言いました。

「じゃあ、プロメテウスに反対することもあるんですね」

「あるよ。この草むらではいつも反対している」

「元老会議でも反対するんですか？」

「元老会議で反対するのは見たことがない」

「じゃあ、実際に敵になったことは？」

「ないよ」

ソクラテスは拍子抜けの気持ちになりました。

「じゃあ、これまでに何をやったのですか」

「今のところは何もしていない」

「え、何も？」

「若い彼らには、まだナパージュを動かす力はないから、仕方がないさ。いいことを言っているだけで十分じゃないか」

ソクラテスは曖昧に頷《うなず》きました。たしかにいいことを言うのは素晴らしいことです。

プロテクターズたちは大きな声で言っています。

「ぼくたちはこれまでもずっとプロメテウスに様々なことを提言してきました。それはナパージュのことを考えているからです。ぼくらは常にナパージュのことを考えています。だからプロメテウスにいつも提言しているのです」

カエルたちは熱狂的な拍手を送りました。

ソクラテスはそれを聞きながら、ツチガエルの見えないところでプロメテウスに提言するよりも、なぜ元老会議で堂々と言わないのかと疑問に思いました。それと、なぜこんな草むらで喋っているのだろうということも気になりました。

その時、若い元老たちが集まっている草むらの隣に生えている木の上で、別のカエルが立ち上がって、「皆さん！」と声を上げました。

「私もずっと前から、ウシガエルはナパージュに入れてはいけないと申し上げてきました」

ソクラテスは隣のカエルに「あれは誰?」と尋ねました。

「あれはバードテイクだ。プロメテウスの仲間だけど、ライバルでもあるカエルだ」

「仲間でライバル?」

「前に、元老のトップの座を争って、プロメテウスに負けたんだ。その時、プロメテウスが勝てたのはツーステップのお蔭《かげ》だと言われている」

ソクラテスは頷きました。

バードテイクはゆっくりと喋っています。なかなか落ち着いたカエルのようです。

「私は常に、正しいこと、真実だけを、申し上げて、まいりました」

「バードテイクはこれまでこの病気に関して何か言っていたの?」

ロベルトが周囲のカエルたちに訊《き》くと、皆、「さあ」と首をひねりました。

「バードテイクさんに質問です」

一匹のカエルが手を挙げました。

「どうぞ」

「今、この状態でナパージュや私たちはなにをすればいいのでしょうか」

バードテイクはゆっくりと大きく頷きました。

「今、なにをするべきか、なにをどうすれば、最善の道が開けるか。そのために私たちは、何を考えるべきか。ツチガエル一匹一匹が真摯《しんし》に、誠実に、問題と向き合うことが大切です。今まさに、それを真剣に考える時がきています」

その時、黙って聞いていたデイブレイクが「素晴らしい！」と大きな声を上げました。

「さすがはバードテイクだ。実に素晴らしいことを言っている。次の元老トップは君だ！　私は次の元老のトップには君を強く推《お》す」

バードテイクはまんざらでもないというような笑顔を浮かべました。

ロベルトが小さな声で「ソクラテス、バードテイクが何を言いたいのかわかった？」と訊きました。ソクラテスは「全然わからなかった」と答えました。

プロメテウスが決めたように、次の日からナパージュの多くのオタマジャクシが今いる位置から動いてはいけないことになりました。

お祭り広場では、早速、マイクが「大反対！」と声を上げました。マイクはいろんなカエルを呼んできて、彼らに同じように「オタマジャクシを自由にさせろ」と言わせました。

あるカエルは言いました。

「プロメテウスはオタマジャクシのことを何も考えていない」

その言葉を聞いてマイクは大きく頷きました。

次に別のメスガエルが出てきて、言いました。

「オタマジャクシが動けなければ、私たちお母さんはどうなりますか。オタマジャクシが自分でエサを見つけられないから、お母さんが用意しなくてはなりません。こんな決定は、お母さんたちを苦しめるものです」

マイクはまた大きく頷きました。しかし周囲に集まっていたカエルたちは、何が正しいのかよくわからない様子でした。

そのとき、お祭り広場の中央に、三匹のカエルが出てきました。彼らは全員で声を揃《そろ》えて叫びました。

「プロメテウスは独裁者です。絶対的権力で私たちを縛り付けようとしています」

ソクラテスはそのかん高くて大きな声に驚きました。たった三匹とは思えないほどの声量で、もし目を閉じていたとしたら、何十匹の大合唱に聞こえたでしょう。三匹のうち一匹はヌマガエルでした。

ソクラテスはそばにいたカエルに、「あのカエルたちは誰ですか」と訊きました。

「あれは、ナエというグループだ。デイブレイクの子分みたいな連中だ。とにかく声が大きいので、彼らが喋るときは、わしは耳を塞《ふさ》ぐんだ」

実際にそのカエルは耳を両手で塞いでいました。

その時、お祭り広場の端で、「そんなことはありません！」という声が聞こえてきました。見ると、数匹のツチガエルの一群がいました。ソクラテスはさっきのカエルに同じ質問をしました。

「あれはフリーダムと言われるグループだ。まあ、言ってみれば、プロメテウスのファンだな」

フリーダムのリーダーは言いました。

「プロメテウスはよくやっています。その証拠に、前と比べて、格段に病気のカエルが減っています。これはすべて、プロメテウスのお蔭です。プロメテウスのやり方が正しかったから、ここまで病気のカエルを減らすことに成功したのです。以前に行なった、ウシガエルをナパージュに入れない策も、『水際《みずぎわ》作戦』も、そして今回のオタマジャクシに動くなと言った策も、すべてうまくやっています。皆さん、それを忘れてはいけません」

フリーダムのメンバーたちは、口々にプロメテウスは間違っていないと言いました。ナエとフリーダムは互いに言い合いを始めました。ソクラテスはしばらくその言い合いを聞いていましたが、どっちの言い分が正しいのかわかりませんでした。わかったことは、ナパージュではプロメテウスには敵も味方もいるということです。

ソクラテスはさっきのカエルに「オタマジャクシは動かないようにというお願いは、どう思いますか?」と尋ねました。

「うーん」そのカエルは腕組みして答えました。「オタマジャクシに泳ぐなと言うのもきつい話だけど、病気が広まっても困るしな」

彼も何が正しいのかはよくわからないようでした。

反対意見も飛び交ったものの、最終的には、ナパージュのツチガエルたちはプロメテウスのお願いを聞き入れ、その日から、オタマジャクシは池の中でじっとして動かないで過ごすということになりました。

＊　＊　＊

それからしばらくしたある日、元老会議で新しい病気に関して重要な話し合いが行われるということが知らされました。

ソクラテスとロベルトは朝から元老会議を見に行きました。

プロメテウスが集まったカエルたちに向かって言いました。

「病気がどんどん広まっています。このままでは大変なことになります」

どうもオタマジャクシを動けなくしても、あまり効果は上がらなかったようです。

周囲のカエルたちも深刻な顔で聞いています。

「私は今、この緊急事態に際し、ツチガエルの皆さんがナパージュ中を動き回らないようにお願いすることを考えています。この病気はカエルたちがいろいろと動き回ることによって、広がっていきます。だから、カエルたちがあまり動かないようにすれば、病気は自然に収まっていきます」

池の周囲にいたカエルたちに大きなどよめきが起こりました。ソクラテスとロベルトもこの言葉には驚きました。

「皆さんが驚かれるのはわかります」プロメテウスは言いました。「私もこんなことは皆さんにお願いしたくありません。今いるところから動けないとなれば、生きていくのも大変です。でも、このまま何もしないでいたら、ナパージュ中に病気が広がる恐れがあります。そうなったら、ナパージュは終わってしまいます。これは特別な措置です。なぜなら、ツチガエルの皆さんの権利や行動を制限することになるからです」

ソクラテスはそれを聞きながら、少し違和感を覚えるのを止めることができませんでした。そこまで大変なことをツチガエルにお願いするなら、どうしてずっと前にウシガエルがナパージュに入ってくるのを止めてくれなかったんだろうと思ったからです。あの時、イエストールやハンドレッドたちは、「ウシガエルをナパージュに入れるな！」と何度も言っていました。そうしていたら、今頃、こんなことをしなくてもよかったのではないだろうか——。

「そこでこうした強いお願いができるように、新しい規則を作ることを提案します。すべてこの病気を防ぐためです」

プロメテウスがそう言った途端、ガルディアンは「反対！」と叫びました。

「みんな、だまされてはいけません。もし、ツチガエルの権利や行動が制限されるようになれば、これからプロメテウスはそれを利用して、自分の力をどんどん強くしていきます。つまり、何か自分の都合の悪いことが起きると、そういう命令を下して、自分の好きなようにやっていくことができるのです」

「待ってください、私にはそんなつもりはありません」プロメテウスは言いました。

「今は特別な事態です。今、そうしないとナパージュに病気がどんどん広がってしまうのですよ」

「詭弁《きべん》を弄《ろう》するな」

「詭弁じゃありません。私は病気の蔓延を防ぐためにこれが最善の方法だと思ったから言っているのです」

「それなら、どうして、前にウシガエルを止めなかったんだ！」

「ディーアールたちがそれほどの病気ではないと言っていたからです」

「そのディーアールたちは、新しい病気に詳しいのか」

「いいえ」プロメテウスは答えました。「これは未知の病気です。今回の病気に詳しいディーアールなんていません」

するとガルディアンは一層声を張り上げてこう叫びました。

「それなら、今だってディーアールの言ってることは信用できないじゃないか！」

プロメテウスは一瞬、言葉に詰《つ》まりました。

ソクラテスもガルディアンの言ったことは正しいと思いました。未知の病気には、これまでの常識は通用しなかったのです。怖がるだけ怖がってもいいくらいなのです。

イエストールが言っていたように、最初からすべてのウシガエルをナパージュに入れなくすればよかったのだと、今では強く感じるようになっていました。

「では聞きますが」とプロメテウスは言いました。「ガルディアンさんは、ウシガエルがナパージュに入ってくるのを止めろと言いましたか」

「言った」ガルディアンは言いました。「最初からずっと言っていた」

「ガルディアンは嘘《うそ》をついているね」

ロベルトはため息まじりに言いました。

「うん」ソクラテスは頷きました。「ガルディアンと仲間の元老たちは、ウシガエルの沼で謎《なぞ》の病気が流行《はや》っていることを知っていながら、チェリー広場の話ばかりしていた。病気の話をほとんどせずにだ。今になってそんな嘘をつくのは汚いよ」

「とにかく、ツチガエルが動けないようにするなんて、絶対に反対だ！」

ガルディアンは頑強《がんきょう》に言いました。

「では、どうすればいいんですか」とプロメテウスは言いました。

「それを考えるのが元老のトップだろう。わしは反対するのが役目だ」

その時、池の周囲のカエルたちから、ガルディアンに向かって一斉にブーイングが起きました。ガルディアンはカエルたちに向かって言いました。

「皆さん、私はプロメテウスがやろうとしていることを認めると、彼がそれを利用して、どんどん好き勝手なことをやるのではないかと心配しているのです」

しかしカエルたちは納得しませんでした。それどころかガルディアンとその仲間たちに冷たい視線を送っています。

すると突然、ガルディアンは、「私はプロメテウスの言うことに賛成だ」と言い出しました。彼の仲間たちも次々に「賛成、賛成」と言いました。

「どういうことだ」

ロベルトはきょとんとした顔でソクラテスに訊きました。ソクラテスもあまりに急な展開に「わからない」と答えました。二匹が目を白黒させていると、後ろから聞き馴染《なじ》みのある声が聞こえました。

「簡単な話だ」

振り返ると、ハンドレッドがいました。

「ガルディアンは、自分の言った言葉にツチガエルたちが賛意を示さなかったから慌《あわ》てたんだ」

「ツチガエルたちが賛意を示さなかったら、どうなるのですか」

「ナパージュの元老は、ツチガエルたちの人気で決まるんだ。人気がなくなれば、元老でいられなくなる。ガルディアンと仲間たちは、カエルたちの反応を見て、やばいと思って、プロメテウスの意見に賛成したんだ」

「それって考えに信念がないですよね」

「かなり前のことだが、プロメテウスがナパージュを守るための新しい決まりを提案したことがあった。この時、ガルディアンたちは大反対した。その反対はすごかった。まさに命懸けだったな。でも、最終的に元老会議でプロメテウスの意見が通った。それからしばらく経ってから、ガルディアンたちの人気がどんどん落ちて、仲間が次々に抜けたことがあった。その時、ある大物ガエルが俺たちの仲間に入れてやろうかと言ったんだ。その大物ガエルは、入れてほしかったら、前に出したプロメテウスの意見に賛成しろと言った」

「どうなったんですか」

「ガルディアンたちは全員、賛成します、と言ったんだ」

「本当ですか！」

「あいつらには信念なんかないんだ。自分が元老でいられるなら、ウンコだって食べるようなやつらだ」

ソクラテスはハンドレッドのたとえにうげっとなりました。

ソクラテスはあらためて元老会議に出席している面々を見渡しました。これまで元老たちはナパージュの中で最も優れたカエルだと思っていたのに、どうやらそうではなかったようです。

「前にも言ったが、元老なんてのはバカばかりなんだな。あと、卑《いや》しいカエルが多い。元老になれば、美味《おい》しいものが食べられて、皆の尊敬を集められる。それだけのために元老になる奴《やつ》がほとんどだ」

ソクラテスは、もしハンドレッドの言うことが本当なら、元老っていったいどんな存在なんだろうかと思いました。ナパージュのことよりも、自分が元老でいることの方を大切にするなんて――。

そういえば、前に見たプロテクターズと呼ばれていたプロメテウスの子分みたいな元老たちも、緑の池の横の草むらで、自分たちはプロメテウスに懸命に提言しているとツチガエルたちにアピールしていました。元老会議ではそんな話はまったくしなかったにもかかわらず、です。プロメテウスのライバルと言われていたバードテイクもそうです。

そんなカエルたちにナパージュの命運を任せていいものだろうかとソクラテスは心底心配になりました。

ガルディアンたちの突然の賛成で、その日の元老会議の結論は「ナパージュのカエルは自分が住んでいるところからは動かないように」ということで決まりました。

「俺たち、どうする？」

ロベルトは言いました。

「そうだなあ。もともと住んでいるところはないわけだから。こうなったら、お祭り広場の近くに住もうか。そこなら、いろんな情報がわかるし、たまにデイブレイクも来る」

「そうだな。どうせすることもないから、一日中、お祭り広場でマイクたちの話でも聞いていようか」

ソクラテスとロベルトはお祭り広場の近くに住むことを決めました。

広場に行くと、マイクたちが大騒ぎしていました。

ディーアールたちが何やら喋《しゃべ》っています。

「私たちはもっと早くこの命令を出せと言っていました。元老たちは何もかも遅すぎます。このままでは、ナパージュはこの病気で滅《ほろ》んでしまうから、早くやれとあれほど言っていたのに」

お祭り広場にいたカエルたちは、「そうだ、そうだ」と言いました。

ソクラテスの記憶では、たしかこのカエルは「この病気はたいしたことない」と言っていたはずです。

別のカエルが出てきました。

「元老たちのお願いには罰則がありません。それでは何のためのお願いかわかりません。もっと厳しく制限すべきです」

ツチガエルたちはまた「そうだ、そうだ」と言いました。

ソクラテスには、このカエルは、たしか以前、何かの時に、「元老たちがツチガエルの権利や行動を制限するのはよくない」と言っていた記憶があります。もうこの病気に関しては、ほとんどのカエルたちが前に言っていたのと違うことを言っている気がしてきました。

とにかく、この日以降、ナパージュのカエルたちは移動を制限されました。期限はサツキの花が咲くまでと決められました。

ナパージュ全体が火が消えたようになりました。

どこも活気がなくなり、ツチガエルたちの顔からも生気がなくなってきました。それもそのはずです。多くのツチガエルがハエや虫をふんだんに食べられなくなったからです。というのも、ハエや虫はふだん住んでいる場所にはいないことが多く、それまではツチガエルたちはわざわざハエや虫を探して食べていたのです。

でもアマガエルの二匹は体が小さい分、少ないハエで十分だったので、ツチガエルほどは体が弱りませんでした。それに、ソクラテスとロベルトは夜にこっそり木の上に登り、高いところにいるハエを食べていました。それでも前より空腹感に襲われるようになりました。

「俺たちでも腹ペコなんだから、ツチガエルたちは相当こたえてると思うぞ」

ロベルトが苦笑しながら言いました。

「きっとそうだろう。それよりもぼくが驚いているのは、移動の制限を破っても罰はないのに、ツチガエルたちが一所懸命にそれを守っていることだよ」

「言われてみたらそうだな」

「こんなに真面目《まじめ》なカエル、見たことないよ」

ロベルトは感心したように頷きました。

「でも、サツキの花が咲くまでの辛抱《しんぼう》だ」

「俺たちも一緒に頑張ろうよ」

「うん」

しかし、移動の自由の制限はやはり深刻な事態となりました。かなりのツチガエルが空腹のために弱り始めたのです。しかし、移動しないでほしいとお願いされているので、ハエや虫を取りに行くことができません。

何匹かのカエルたちは、このままでは腹が減って死んでしまうので、移動できるようにしてくれと言い出しましたが、元老たちはその願いを聞き入れませんでした。

多くのカエルたちは、せめて以前に元老たちが決めた「ハエを十匹食べたら一匹をナパージュの国に差し出す」という決まりをなくしてくれと頼みました。ほとんどのツチガエルは満足にハエも食べられない状態の中で、ハエを差し出すのがきつくなっていたのです。しかし、元老たちはこの願いも却下《きゃっか》しました。

これだけ皆が苦労しているにもかかわらず、病気は収まる気配がありませんでした。

ある日、お祭り広場で、ディーアールたちがこの病気に関して驚くような話をしました。

「私たちが調べたところ、意外なことがわかりました。この病気はウシガエルが持ち込んだものと、西の国のカエルが持ち込んだもののふたつがあるようです」

お祭り広場にいたカエルたちは今ひとつ意味が呑《の》み込めていないような顔をしまし

た。

ディーアールは続けました。

「最初にウシガエルが持ち込んだものは、実はツチガエルにはあまりうつらないのですが、後から西の国のカエルが持ち込んだものは、うつりやすく、罹《かか》ると重い症状になるという見方が有力です」

マイクがディーアールに言いました。

「ということは、西の国のカエルも入れてはいけなかったんですね」

「そういうことです。元老たちも西の国のカエルは大丈夫だろうと思って、ウシガエルをストップした後も、西の国のカエルたちは普通に入れていたのです。また、西の国に遊びに行って病気に罹ったツチガエルがナパージュに帰ってきて広まった例もあるようです。今の深刻な病気の拡《ひろ》がりは、もしかしたらそっちかもしれません」

ディーアールの話を聞いていたソクラテスは全身の力が抜けました。元老たちはウシガエルばかりに気を取られて、もっと恐ろしいかもしれない病気をむざむざとナパージュに入れてしまったのです。もし、それが本当だとしたら、とんでもない油断です。最初から病気に対してきちんと警戒していれば、そこまで気を回せていたはずです。

と同時に、ディーアールにも腹立たしい気持ちが起こりました。元老たちを油断させていたのは、彼らではないかと思ったのです。いや、元老たちだけじゃない、マイクや多くのツチガエルたちも、ディーアールたちが「怖い病気ではない」としきりに言うものだから、安心していたのです。病気が本当に怖いと思っていたなら、西の国のことも調べてほしかったと、言いたい気持ちになりました。

「皆さん、よく聞いてください」

マイクが深刻な顔をして言いました。

「実はさっきディーアールが言った西の国では、カエルたちがばたばた倒れているそうです。聞けば、ナパージュの百倍以上のカエルが亡くなっています」

お祭り広場にいたツチガエルたちは、押し黙ったままマイクの話を聞いています。

「ツチガエルの中には、このまま移動できないと、腹が減って死んでしまうと言う者もいますが、ここは辛抱です。西の国のようになってはいけません。プロメテウスは、サツキの花が咲くまでと言っていましたが、病気は広まっていく一方です。このままだともっと延ばす必要が出てきます」

多くのツチガエルが絶望的な呻《うめ》き声を上げました。

「そういうことですね、ディーアール」

マイクは隣にいたディーアールに確認するように言いました。

そのディーアールは答えました。

「そうです。もし今ここで、移動の自由を認めたりしたら、はるか西の国のように、ナパージュが地獄になってしまいます。草むらや林や池の中で、ツチガエルがばたばたと倒れるような世界になるのです」

ソクラテスはその光景を想像してぞっとしました。

「ナパージュがそんな地獄に！」

マイクが大袈裟《おおげさ》に驚きましたが、ソクラテスにはそれが演技のようにも見えました。

その時、お祭り広場にデイブレイクが顔を出しました。

「おや、デイブレイクさん、今日は何か新しいお話がありますか」マイクは言いました。

「いや、特に新しい話はない。とにかくこの病気は世界に広まった」そこでデイブレイクはにやりと笑いました。「争いも起こっていないのに、あのスチームボートが恐れおののいているのです。この病気はある意味で痛快な存在かもしれない」

いつもはデイブレイクの言葉に頷くツチガエルたちも、一様に「えっ？」という顔をしました。マイクでさえも微妙な表情を見せました。

「おい、今、痛快って言わなかったか」

ロベルトがソクラテスに言いました。

「言ったね。それにデイブレイクは嬉《うれ》しそうだ」

「いったい何が嬉しいんだ」

ソクラテスは「さあ」と言って首をかしげました。

広場の中央ではマイクがカエルたちに呼びかけています。

「皆さん、移動ができない苦しさもわかりますが、今ここで気を緩めると、ナパージュが西の国のような地獄になるのです。だから、頑張っていきましょう」

いつもならマイクが喋ると大きな拍手が起こるのですが、この日はまばらな拍手しか起きませんでした。みんな、お腹《なか》が減って頑張る気力が薄れてしまっていたからです。

「マイクの言うこともわかるけど」ロベルトは言いました。「このまま移動できない期間を延ばすと、多くのツチガエルが本当に倒れてしまうよ」

「ぼくもそう思う。新しい病気も怖いけど、ハエや虫が食べられないで弱ってしまうのも怖い」

ソクラテスがそう言った時、「その通りだ！」という声が背後から聞こえました。

振り向くと、ハンドレッドが立っていました。

「こんなところまで来たんですか。移動してはいけないのに」

「十分注意してきたから大丈夫だ」

ハンドレッドは胸を張って言いましたが、ソクラテスは勝手な理屈だと思いました。

「たしかにウシガエル病は怖い」とハンドレッドは言いました。「しかしウシガエル病で死んだツチガエルは、ナパージュ全体の中で見ればほんのわずかだ。しかもそのほとんどは年取ったカエルだということがわかってきた。壮年《そうねん》のカエルや若いカエルはかかっても、死ぬことは多くないんだ」

ハンドレッドは一貫して新しい病気をウシガエル病と言っていました。

「でも、移動できる自由を与えたら、西の国みたいな地獄になるかもしれないじゃないですか」

「西の国でナパージュの百倍以上のカエルが死んでいるのは事実らしい。だからナパージュもそうならないようにと、移動する自由を止めた。ところが、それから何日か経《た》ったが、それほど亡《な》くなるカエルは増えていない」

「それって、移動する自由を止めたからじゃないですか」

「西の国では、移動の自由を禁止しているのに、死ぬカエルが爆発的に増えている」

「それは禁止するのが遅かったからじゃないですか」

「何を言ってるんだ。ナパージュは西の国よりももっと遅かったんだぞ」

ソクラテスは、あっそうか、と思いました。たしかに西の国はウシガエルが入ってくるのを止めるのも早かったし、病気が出たときに、移動の自由を止めるのも早かったと聞いています。それもナパージュよりももっと厳しい制限があって、違反者には罰も与えられたということです。それなのに、西の国では病気によって死ぬカエルが爆発的に増え、ナパージュではそれほど増えていません。

ソクラテスはこれはどういうことだろうと考えました。

「おい！」

マイクがハンドレッドの姿を見て、いきなり大声を上げました。

「今、ナパージュでは亡くなったカエルが増えていないと言ったな」

「言ったがどうした？」

ハンドレッドは言い返しました。

「毎日、亡くなるカエルが少しずつ増えているのがわからないのか」

「増えているのは知っている」

「なら、どうして、増えていないと言ったのだ」

「西の国に比べれば、全然増えていないと言ったのだ。ここナパージュはウシガエル病で死ぬツチガエルは圧倒的に少ない。こんな少ない数で全部のツチガエルの移動を止めるのは馬鹿馬鹿《ばかばか》しい。すぐに自由に動けるようにすべきだ」

マイクは周囲のカエルたちに向かって言いました。

「皆さん、ハンドレッドは、移動の自由を認めろと言っています。そのことによって、どれだけ病気が広がっても、どれだけ多くのカエルが死んでもいいと言ってるんです」

「誰もそんなことは言ってない。こいつは頭が悪いか、耳が悪いかのどちらかだな」

「いや、言った。言ったぞ」マイクは怒鳴りました。「言ったのと同じだ。お前はハエが食べたいというくだらない理由だけで、自由に移動させろと言ったんだ。それで、どんなに病気が広がってもかまわないという勝手な理屈だ」

「勝手に話を作るな、ボケ」とハンドレッドは言いました。「じゃあお前に訊くが、この病気に罹るカエルがどれだけ減れば、自由に移動していいことになるんだ」

「今よりも減れば、そうするべきだと思う。だから、今は苦しくても皆で頑張るべきなんだ。年寄りは死んでもいいから、移動させろというのは大反対だ」

ハンドレッドは「わかった、わかった」と手を振って、その場を離れました。

それから草の上にごろりと横になると、「じゃあ、もう移動するのはやめるわ」と言って、いびきをかいてその場で寝てしまいました。

移動の自由の制限はそれ以降も続きました。その結果、ほとんどのカエルがひもじい思いをしていました。

しかしサツキの花の咲くころが近づくと、病気に罹るツチガエルの数の増加が少し鈍《にぶ》ってきました。もちろんその数は決して少ないとは言えませんでしたが、一番多かったころに比べると、ぐんと減少していました。予想された最悪の数字よりはるかに小さいものでした。

多くのツチガエルたちの心に希望の光が灯《とも》りました。ひもじい思いをして苦労してきた甲斐《かい》があったというものです。サツキの花が咲くころに移動の自由が認められたら、どこでも好きなところへ行ってハエも虫も食べられるようになります。

サツキの花が咲く直前、元老会議が開かれました。

プロメテウスは緑の池にいたツチガエルたちに向かって言いました。

「皆さんのお蔭で、病気の大きな広がりを抑えることに成功しました。ありがとうございました」

そして深く頭を下げました。ツチガエルたちは次の言葉をワクワクして待ちました。ところが、プロメテウスの言葉はツチガエルたちの期待を裏切るものでした。

「ただ残念ながら、皆さんの努力にもかかわらず、病気を封じ込めるまでには至りませんでした。そこで、菖蒲《しょうぶ》の花が咲くころまで、皆さんに、もうしばらくの間、移動しないようお願いすることになりました」

池の周囲から失望の呻き声が上がりました。

ソクラテスももちろんがっかりしました。でも、何より気になったのは、プロメテウスは菖蒲の花が咲くころまでと言いましたが、「病気を封じ込める」というのがどういうことなのか、その具体的な状態を口にしなかったことです。それでは、行動の自由が許されるようになるのは、プロメテウスや元老たちの気分次第でさらに先になるのではないかという気がして、背中に冷たい汗が流れました。

多くのツチガエルたちが不満に思っていたのは、元老たちは皆、顔色も良く、ひもじい思いをしている様子がなかったことです。というのは元老たちがいる緑の池と小島にはハエはふんだんにいて、彼らは移動の自由がなくても、まったく食べることに困らなかったからです。つまり元老たちは、本当に腹が減っているカエルたちの苦しみはわからなかったのです。

噂《うわさ》では、空腹のツチガエルたちにハエが支給されるということでしたが、対象をすべてのカエルにするか、あるいは特別に空腹のカエルにするかで何日も揉《も》め、またハエの数をどれくらいにするかでまた何日も揉めました。最終的にはナパージュに住んでいるすべてのカエルに支給されることが決まりましたが、今すぐではなくて、かなり先に支給されることになりました。

「なんかもうすべてががっかりだな、ソクラテス」

ロベルトの言葉に、ソクラテスは同意しました。

「ぼくはハエの支給が遅れることよりも移動の自由が利《き》かない方がきついけど、病気が広がる危険を考えたら、仕方がないのかも」

ソクラテスがそう言った時、ハンドレッドの笑う声が聞こえました。

ハンドレッドはあの日以来、ずっとお祭り広場の一角で寝ていたのでした。

「お前たちは本当にアホだな」

ハンドレッドは体を起こすとバカにしたような声で言いました。

「どうしてですか」

「お前たちは、ずっと移動しなかったら、ウシガエル病がなくなると本気で思っているのか？」

「そりゃあ、いつかなくなるでしょう」

　ロベルトは言いました。

「たしかにどのカエルも、他のカエルに一切近寄らないで、ずっと過ごせば、誰もウシガエル病には罹らないですむだろう。そうしたら、この病気もいつかはなくなるかもしれん。しかしカエル同士がまったく触れ合わないで生きていけると思うか」

　ロベルトは何か言い返そうとしましたが、言葉が出ませんでした。

「そう、無理なんだ。生きている限り、誰かと触れ合う。もし、触れ合うことが無理なら、オスガエルとメスガエルが結ばれることもない。触れ合うことが無理なら、生まれた子供と遊ぶこともできない。つまりだ。一切、ウシガエル病にかからないように生きていくのは土台無理なんだ」

「でも、触れ合う機会を少なくすれば、病気に罹るカエルも少なくなるでしょう」

「カエル同士が離れて生きるとなれば、生きていくのは大変だ。満足にハエも取れず、ずっと腹をすかして生きていくことになる」

「じゃあ、どうすればいいんですか」

「病気に罹るのを覚悟して、前みたいに生きていくしかない」

「ええっ！」

ロベルトは驚きの声を上げました。ソクラテスもこれには驚きました。さすがにそれは無茶すぎる意見だと思ったからです。

「ウシガエル病がナパージュに入ってくる前、あるいは入ってすぐの頃は、それがどれくらい恐ろしい病気かわからなかった。しかし実際、ウシガエル病が入ってきて何日か経ってわかったことは、この病気に罹って死ぬのは年老いたカエルがほとんどだということだ。若いカエルや子供はほとんど罹らない。万が一罹っても、大変なことになる例はごく僅《わず》かだ。それがわかった。このことはお前たちも知っているな」

「はい」

「ほっといてももうすぐ死ぬ年寄りのカエルのために、若いカエルが皆、腹を減らしてどうするんだ」

「あなたは、年老いたカエルは死んでもいいと思っているんですか！」

「誰もそんなことは言っていない。まあ、少し落ち着け。話を勝手に解釈《かいしゃく》するな」

「でも、あなたが言うように、移動を自由にすれば、年老いたカエルが病気に罹る率が増えるじゃないですか」

「それでは聞くが」ハンドレッドは言いました。「いつまで移動の自由を制限すればいいんだ？」

「マイクが言っていたように、病気になるカエルが少なくなってからじゃないですか」

とロベルトが答えました。

「どれくらいだ？」

「——半分くらい？」

「ほお、それで半分くらいになったところで、移動を自由にすれば、また増えるかもしれないじゃないか」

ロベルトは少し困ったような顔をしました。

「じゃあ、三分の一くらい？」

「三分の一まで減れば、移動を自由にしても病気は増えないのか？」

ロベルトは黙ってしまいました。

「わかったか。つまりはそういうことなんだ。移動の自由を止めて病気が少なくなっても、それは触れ合う機会が少ないからであって、移動するカエルが増えれば、また増える。そういう論理でいけば、いつまで経っても移動を自由にできないということになる」

「じゃあ、ハンドレッドさんは、移動を自由にするのはいつがいいと思ってるんですか？」

　ロベルトは怒ったように訊きました。

「今から、やればいいんだ」

　ソクラテスはこの返事には驚きました。いくら何でも今、移動の自由を認めたら、大変なことになると思ったからです。

「でもな、残念なことに、誰もそんな決定は下せない。お前たちはこの国がどんな国か知らないだろうが、ナパージュという国はな——動くのが遅くて、止まるのも遅いんだ」

　ソクラテスはなるほどと思いました。そうかもしれない。

　ハンドレッドは続けました。

「この病気がウシガエルの沼で流行っていると聞いたとき、わしはこの病気は絶対にナパージュの中に入れてはいけないと思った。もし、とてつもなく恐ろしい病気だったら、ナパージュが滅ぶと思ったからだ」

「はい」

「しかしプロメテウスもデイブレイクもお祭り広場のマイクも、いや、ナパージュのツチガエルのほとんどがこの病気を恐ろしいものとは考えなかった。で、ウシガエルがどんどん入ってきて、ツチガエルが病気に罹った。ところが、意外に広がらなかった」

「はい」

「プロメテウスが好きな連中は、プロメテウスのやり方がよかったと褒めているが、なに、たまたま運がよかっただけだ。なぜかは知らないが、ナパージュのツチガエルと病気の相性が良かったんだ。いや、罹りにくかったから、相性が悪かったと言うべきか。いずれにしても、これは結果論だ。しかし、その幸運が結局は命取りになった。というのは、西の国にいたカエルたちは平気で入れたし、西の国へ遊びに行っていたツチガエルも平気で迎え入れた。それが悪かった」

「はい」

「西の国で流行ったウシガエル病はウシガエルの沼で流行った病気よりもたちが悪かったんだ。多分、西の国で病気そのものが、より悪質なものに変化したんだろう。しかしナパージュはウシガエルを大量に入れても、たいして病気が広がらなかったから、西の国で病気が流行っているとわかっていても、プロメテウスたちは制限もしないでどんどん入れた。要するに、最初の油断によって結果的に悪い方向にいってしまったんだ」

「はい」

「で、西の国から入ってきたウシガエル病が流行り出した途端に、ナパージュ中のカエルが大騒ぎだ。もう終わりだとか、このままいけば地獄になるとか、ナパージュは滅ぶとか、皆が悲鳴を上げた。お前たちもあの時のお祭り広場の騒ぎを覚えているだろう」

「はい」

ソクラテスは頷《うなず》きながら、あの頃、マイクがたくさんのディーアールなどを呼んで大騒ぎを起こしていたのを思い出しました。

「で、どうなったか。パニックになった挙句、全員、今その場から動くな、となったわけだ。ところが、それから何日か経つと、この病気はナパージュを滅ぼすほどの恐ろしい病気ではないことがわかってきた。たしかに病気に罹って死ぬカエルもいる。それは気の毒なことだ。しかし西の国でばたばたとカエルたちが死んでいるのと比べると、その規模は比べものにならない。それなのに、元老たちは移動の制限を解除できない」

「でも、実は、まだ病気が本格的に広がっていないだけという見方もできるんじゃないですか？」ロベルトが言いました。「そのうちに西の国のカエルみたいにばたばた倒れるかもしれないじゃないですか」

「お前はバカガエルか」ハンドレッドは言いました。「西の国でも最初は病気に罹って死んだカエルは少なかった。ところがそこから爆発的に増えた。ナパージュでも西の国から来た病気の数は最初は少なかった。これは西の国と同じだ。ところが、今に至るも爆発的には増えていない」

ソクラテスは、うーん、と唸《うな》りました。ハンドレッドの言っていることは相当無茶苦茶なように思えますが、一方で妙な説得力があったからです。

「それってなぜなんですか？」ソクラテスは訊《き》きました。「なぜ西の国に比べて、ナパージュは少ないんでしょう」

「ディーアールの中にはツチガエルたちに集団免疫《めんえき》ができていたというやつもいるな。なんでも梅の花が咲くころに大量に入ってきたウシガエルが持ち込んだ病気は軽いやつで、ツチガエルはそれに罹って免疫ができたために、西の国から入ってきた強いやつに罹りにくくなったというんだ」

「それ、本当ですか？」

「知らんがな」ハンドレッドはにべもなく言いました。「わしはディーアールじゃないんだ」

ソクラテスはその無責任な言い方に呆《あき》れました。

「集団免疫というのは、いかにも帳尻合わせを無理矢理にしているような理屈だな。もともとツチガエルが罹りにくい体質だったというやつもいるが、これも同様だ。しかし仮にそれらが本当だとしても、怪我《けが》の功名《こうみょう》というやつで、ウシガエルをバンバン入れたプロメテウスの判断は正しかったとは言えんだろう」

ソクラテスはそうだなと思いました。仮に集団免疫の話が本当だとしても、最初に致死率の高い恐ろしい病気が入ってきていたなら、ナパージュのツチガエルは絶滅していたかもしれません。それを考えると、国のリーダーの決断がいかに重要なものかをあらためて実感しました。

「とにかく今は、理由の解明なんかどうだっていいんだ。そんなことは後でもいい。どうせ何年かしたら誰かが突き止めるだろうよ。この国の一番の問題は、ナパージュでは病気で死ぬカエルよりも、飢え死にするカエルの方が多くなるかもしれないのに、元老たちは病気を恐れすぎて何もできないということだ」

ソクラテスにはもう何が正しいのかわからなくなってしまいました。

唯一《ゆいいつ》わかっているのは、ナパージュは次の選択を間違えると取り返しがつかないことになるということです。

はたして今後、ナパージュはどうなってしまうのでしょう――。

終章I（バッドエンディング）

それから何日かが経《た》ちました。

移動の制限解除が引き延ばされたことによって、ナパージュの多くのツチガエルたちは空腹の限界を迎えていました。噂《うわさ》では餓死《がし》したカエルも何匹か出たそうです。

しかしツチガエルたちの努力の甲斐《かい》があって、病気にかかるカエルは少なくなりました。なんと、移動の自由を止める前よりも少なくなったのです。

「ソクラテス、俺はもう腹が減って死にそうだよ」

ロベルトが言いました。

「ぼくもだよ。でも、病気の蔓延《まんえん》を防ぐために、ぼくたちも頑張らなくっちゃ。ツチガエルたちを見習って」

「うん」

「今日はやっと菖蒲《しょうぶ》の花が咲いた。菖蒲の花が咲くころに、移動の制限を解除するとプロメテウスは言っていた。元老会議に行って嬉《うれ》しい報《しら》せを聞こう」

ソクラテスとロベルトが空腹で足を引きずるようにして元老会議が行われている池にたどり着くと、そこには多くのツチガエルがいました。どのカエルも痩《や》せていて、今にも倒れそうです。

まもなく元老たちが島に上がりました。元老たちは皆、太っています。それを見て周囲のカエルたちから小さなどよめきが起こりました。

プロメテウスが元気よく立ち上がって言いました。

「皆さん、とうとう菖蒲の花が咲きました。今日まで長い辛抱《しんぼう》をありがとう。心からお礼を言います」

カエルたちの間にホッとした空気が生まれました。

「皆さん、聞いてください。私たちは移動の自由の制限をいつまで続けるか、何匹かのディーアールを招いてずっと議論をしてきました。ディーアールたちは、病気のカエルが減ったのは移動の制限を厳しくしたからだというのです。つまり移動の自由の制限は明らかに効果があったのです。そして、せっかく効果が出て病気が少なくなったのに、今ここで、移動の制限を緩和《かんわ》すると、再び病気が増える可能性があるというのです」

プロメテウスは元老会議ではっきりと言いました。

「私はナパージュのカエルたちの命を何よりも心配しています。そこで、移動の制限解除をさらに引き延ばすことにしました」

元老会議に集まっていたカエルたちから、驚きと失望と絶望の声が起こりました。

「皆さん、辛《つら》いでしょうが、ここが踏ん張りどころです。ここで気を緩めると、ナパージュは西の国のようになって地獄を見ることになります」

ツチガエルたちにプロメテウスの言葉が虚《むな》しく響きました。

元老会議を取り囲んでいたカエルたちの中には、デイブレイクもいました。彼の口《くち》癖《ぐせ》は「何よりも大切なのは命だ」ですから、当然、賛成のはずなのに、彼もまたその顔には明らかに失望の色がありました。というのも、彼もハエを食べる量が減って痩せていたからです。

「いい加減にしろ！」

突然、一匹のカエルが叫びました。

「病気は感染するかしないかわからないが、ハエを食べないと確実に死ぬんだ」

何匹かのカエルが「そうだ、そうだ」と言いました。

プロメテウスは困ったような顔で、ガルディアンの方を見ました。ガルディアンはそれには気付かないふりをして、隣の元老と何やら話していました。

プロメテウスは次にツーステップの方を見ましたが、ツーステップは眠ったふりをしています。でもソクラテスは、ツーステップが直前まで目を開けていたのを知っていました。プロメテウスは次にバードテイクの方を見ました。バードテイクは下を向いて、プロメテウスとは目を合わせませんでした。

プロメテウスは仕方なく、叫んだカエルの方に向き直りました。

「皆さんが苦しんでいるのはわかります。私も苦しいのです。しかし、ここで移動の自由を認めてしまうと、せっかく収まりかけていた病気が再び、勢いを盛り返す可能性があるのです」

「それ、誰が言ってるんだ！」と別のカエルが怒鳴りました。

「ですから、私たちが集めたディーアールたちです。皆、この病気をどうやって防ぐかを真剣に考えてくれました。その結論は、いまここで移動の自由を認めると、再び病気が広がる可能性があるということでした。これは私の意見じゃないんです」

「お前の意見はどうなんだ！」

「私はこの病気の専門家ではないので、迂闊《うかつ》なことは言えません」

「それって、ディーアールたちに責任をおっかぶせてるだけじゃないか」

プロメテウスは困った顔をしました。

「皆さん、冷静になってください。皆さんも病気で死にたくないでしょう」

「病気で死ぬのは年老いたカエルがほとんどだと言うじゃないか。壮年のカエルや若いカエルは、年老いたカエルの犠牲《ぎせい》になれって言うのか」

「では、あなたは自分が生き残るために、年老いたカエルは死んでもいいと言うのですか」

プロメテウスが強い口調で言うと、そのカエルは黙ってしまいました。

「皆さん、いいですか。カエルの命は平等です。年老いたカエルも、壮年のカエルも、若いカエルも、オタマジャクシも、みんな尊い命です。みんなでその命を守っていこうじゃありませんか。自分のことだけを考えるのはやめましょうよ」

デイブレイクがぱちぱちと力のない拍手をしました。ソクラテスは、デイブレイクがプロメテウスの演説に拍手をするのは初めて見ました。

「じゃあ、移動の制限はいつまで続くのですか？」また別のカエルが訊《き》きました。

「それは今ここで言えることではありません。病気の拡《ひろ》がり次第ですから」

「それはおかしい！」

突然、ガルディアンが叫びました。

「お前も元老のトップなら、いつ終わるか言え。説明すべきだ」

ガルディアンの仲間の元老たちが「そうだ、そうだ」と叫びました。そして口々に「説明しろ、説明しろ」と言いました。プロメテウスは苦しそうな顔をしながら、じっとうつむいたまま黙っていました。


その夜、お祭り広場では、マイクたちがプロメテウスの決定に怒りの声を上げていました。

「とんでもないことです!」マイクは怒りに震えて言いました。「私たちに死ねと言うのでしょうか」

見ると、マイクの身体《からだ》も痩せ細っています。

「今日はいろんなカエルを呼んでいます」

マイクに紹介されて、出てきたのはハエの評論家のエコノミンです。

「私が最初に言っていたことが正しいということがおわかりいただけましたか。この病気はたいしたことがないと言っていたでしょう。病気を怖がり過ぎると、病気ではなく、飢えて死ぬのです」

次に出てきたのは、エコノミンと同じくハエの研究をしているカエルでした。

「一刻も早く、移動の制限を解除すべきです。プロメテウスは間違っている」

その後に出てきたカエルたちも皆同様にプロメテウスを非難しました。不思議なことに、前に病気が怖いと言っていたカエルたちはほとんど登場しませんでした。

お祭り広場にデイブレイクの姿もありました。それを目ざとく見つけたマイクは、デイブレイクに意見を求めました。

「あー、私はですね」

デイブレイクは日ごろのはきはきした様子ではなく、ゆっくりと喋《しゃべ》り出しました。

「この病気は恐ろしいということは皆さん、周知の事実です。病気を防ぐ一番の手段は何かと言えば、移動の制限です。この何日か移動の制限を行なったおかげで、病気に罹《かか》るカエルは少なくなりました。そうですね」

デイブレイクは念を押すように言いました。

「しかしながら、移動の制限は、多くのカエルから、ハエを食べるチャンスを奪うことになりました。今も、空腹で苦しんでいるツチガエルがたくさんいます。移動の自由と病気の蔓延防止は、相反《あいはん》する性質を持ちます。つまり――」

デイブレイクはここで息継ぎをしました。

「この病気は大変厄介な病気ということです。この病気に対して私たちがやるべきは、互いの知恵を出し合って戦うということです」

デイブレイクはそれだけ言うと、中央から引き下がりました。

「デイブレイクは、結局何が言いたかったんだ？」

ロベルトはソクラテスに訊きました。

「さあ、頑張れということじゃないの」

ソクラテスは投げやりに答えました。デイブレイクの言うことなんかまともに聞いてなかったからです。

「何を頑張るんだ」

「知らんがな」

ソクラテスは思わず、ハンドレッドの口癖の言葉で答えていました。


それから何日か経ちました。

病気のカエルはさらに減っていきましたが、一方でツチガエルたちが次々と空腹のために倒れていきました。その多くが壮年のカエルや若いカエルたちです。

その状況を重く見たプロメテウスは、ある日突然、移動の制限を解《と》きました。

「病気に詳しいディーアールたちは、まだ移動の制限を続けるべきだと言っていますが、私の権限で、今日から移動を自由にします」

プロメテウスは高らかに宣言しました。しかし、もうその頃には、ほとんどのツチガエルが弱ってしまって、満足に移動ができない有様になっていました。

プロメテウスは、ようやく「ハエを十匹食べたら一匹をナパージュに差し出す」決まりをやめました。ですが、もうナパージュには、ハエを差し出せるツチガエルはほとんどいなくなっていました。


ナパージュにはもう以前の活気は戻りませんでした。

一方、ウシガエルの国はナパージュよりも早くに病気から立ち直っていました。聞くところによれば、ウシガエルたちも最初は移動の自由を制限していたようですが、途中から、王様の指令で、どんどん移動の自由を認めたそうです。そのために多くのウシガエルが病気で亡《な》くなりましたが、もともと数の多いウシガエルにとってはたいしたダメージにはならなかったようです。むしろ数が減った分、残ったウシガエルの食べるハエや虫の量が増えて、いっそう元気になり、力を付けました。

南の崖《がけ》はほとんどウシガエルが占領した状況になりました。ハンニバル兄弟も食べるハエが減ってしまったことで、すっかり元気がなくなり、南の崖を見張ることさえできなくなっていたからです。

噂ではスチームボートも病気に罹って弱ってしまい、今では飛ぶこともできなくなったということです。西の国もたくさんのカエルが亡くなり、ウシガエルの国に対抗できる力はなくなってしまいました。いや、それどころか、ウシガエルから大量のハエをもらって食いつないだほどで、ウシガエルと仲良くせざるを得なくなりました。今や世界はウシガエル抜きでは成り立たなくなりました。

その頃にはナパージュにもウシガエルが大量にやってきていました。移動の自由を認めたときに、ウシガエルがナパージュに来てもいいとなっていたからです。それを決めたのはツーステップだという噂です。

ウシガエルたちは、以前はツチガエルたちが住んでいた池や泉に、どんどん住み始めました。空腹で多くのツチガエルが亡くなって土地が空いていたからです。今ではもうツチガエルの国かウシガエルの国かわからなくなりました。

ソクラテスとロベルトは、体が小さいため、少しのハエでも十分だったので、ツチガエルほどは弱りませんでした。

ある日、二匹は森の中を歩いていると、一匹のカエルが倒れているのを見つけました。近寄ってみると、それはローラでした。

「ローラ、大丈夫か」

「あら、アマガエルさんね」

ローラの身体《からだ》は哀れなくらい痩せ細っていました。

「ローラ、もう自由に移動してもいいんだよ。それにもうハエを差し出さなくてもよくなった」

ローラはにっこりと微笑《ほほえ》みました。

「それはよかったわ」

それがローラの最期《さいご》の言葉になりました。

終章Ⅱ（リアルエンディング）

「終章Ⅰ」を書いたのは、二〇二〇年五月五日の夜です。新型コロナウイルスの感染を防ぐために出された緊急事態宣言の延長が決まった翌日です。今、この終章Ⅱは五月十五日に書いています。

緊急事態宣言によって、多くの業種がテレワークや自宅勤務となり、学校はほとんどが休校となりました。映画館、劇場、ライブハウス、カラオケ店なども軒並み休業し、また食料品店やコンビニやドラッグストアを除く多くの店も休業しました。公共交通機関を利用する人は激減し、ホテルはどこも稼働率が一割程度になりました。結婚式の披露宴などの各種イベントはすべて中止、または延期となりました。極端に言えば、日本の経済活動はほとんどが止まってしまったのです。このことによるダメージは甚大《じんだい》で、この本が出る頃には、多くの中小企業や自営業者の倒産がニュースとなっていることでしょう。

感染症を防ぎ、国民の命を守ることが最重要な事柄であるのは当然です。しかしそれを何よりも優先し続けることは、同時に経済を崩壊させる危険を孕《はら》んでいます。

本書の刊行時には古い情報となっていますが、五月二日の日本経済新聞に、新型コロナウイルス騒動における世界の企業の減益率（連結純利益の前年同期比）が載っており、それによると、日本がマイナス七八％、欧州がマイナス七一％、米国がマイナス三六％となっていました。

ここで留意すべきは感染者と死亡者の数です。この原稿を書いている時点での最新データによりますと、五月十四日の時点で十万人当たりの感染者は、スペイン四八九人、イタリア三六七人、フランス二一六人、アメリカ四二八人に対して、日本はわずか一三人です。また同じ十万人当たりの死亡者の率も、日本はヨーロッパやアメリカと比べると十分の一以下です。つまり敢《あ》えて極端な言い方をすれば、日本は命を守ることに注力しすぎて、経済をないがしろにしてしまったという見方ができます。

一九七七年、日航機をハイジャックした日本赤軍に対し、当時首相だった福田《ふくだ》赳夫《たけお》は「人命は地球より重い」と述べ、過激派服役囚を超法規的措置で釈放した上、身代《みのしろ》金《きん》六〇〇〇万ドルを支払ったことがありました。「人命は地球より重い」という言葉は文学上のレトリックに過ぎず、現実とは乖離《かいり》しています。もし政府が本気でそう思っているなら、毎年、三〇〇〇人以上の人命を奪う自動車の使用をただちに止めるべきですが、当然ながらそんな議論さえ起こりません。ところが、ハイジャック事件では、政府の決定に異を唱えた日本人はほとんどいませんでした。

中国であれほどの騒ぎがあったにもかかわらず、感染防止にまったく動かなかった政府が、国内で感染が広がった途端に、「人命は何よりも大事」とばかりに、国民に極端なまでの自粛要請を続けたことは、どこかハイジャック事件に通じるところがあるような気がします。

もちろん新型コロナウイルスから国民を守ることは大切です。ただ、人命という視点で捉《とら》えると、日本では完全失業率が一％増加すると自殺者が約二三〇〇人増えるというデータがあります。二〇一九年の完全失業率は平均二・四％でしたが、今回の緊急事態宣言による経済活動の自粛で、二〇二〇年の完全失業率は数％に跳ね上がるとも言われています。経済学者の中には、二桁《けた》を超えるのではないかと予想する人もいます。仮に二％の増加にとどまったとしても、五〇〇〇人近い自殺者が出る計算になります。五月十五日現在の新型コロナウイルスによる死亡者は約七〇〇人ですから、もし五〇〇〇人の自殺者が出たとなると、死者の数だけを見れば、ウイルスよりも完全失業率の方がはるかに恐ろしいということが言えます。

「終章Ⅰ」は、徹底した感染防止のために緊急事態宣言の解除をなかなかやらなかった場合の、シミュレーションに基づいて書いています。日本経済は根本から揺らぎ、多くの企業が倒産し、街には失業者が溢《あふ》れかえるでしょう。住宅ローン破綻《はたん》や、自己破産する人が激増するでしょう。不動産は投げ売りされ、銀行は莫大《ばくだい》な不良債権を抱えて機能停止となります。日本はそれまで味わったことがない大不況に見舞われることになります。

この時、いち早く経済を立て直した国の人々が、日本企業や土地を次々に買収していくことになるでしょう。日本人はそれらの外国企業に雇われ、やがて国家としてのアイデンティティを失っていきます――。

「終章Ⅰ」で描いた物語は、そんな近未来ですが、もっともこれは、あくまで考えうる「最悪の物語」です。

しかし日本人はそこまで愚《おろ》かではないと信じています。いや、信じたい！

現実の「終章」は、政府と国民が感染リスクと経済活動のバランスを上手に取りつつ、日本を立て直していくだろうと思っています。しかしそれは簡単なことではありません。おそらくこの本が出される六月上旬でも、新型コロナウイルスの完全な封じ込めには成功していない上に、経済活動も復活にはほど遠い状況にあると予想しています。私の貧弱な想像力では、どんな方法で、どんな形で、日本がこのウイルスを封じ込め、経済的に立ち直るのかはわかりません。

もうひとつの懸念《けねん》は国際関係です。今後、世界は「アメリカおよび自由主義国」対「中国」という構図になるでしょう。多大な死者を出したアメリカやヨーロッパ諸国は、今回の中国による病気発生初期の情報隠蔽《いんぺい》に大きな憤《いきどお》りを覚えています。なぜなら、それこそが世界中にここまで病気を拡散させた大きな原因となったからです。また、もはや中国政府の傀儡《かいらい》と化した感のあるＷＨＯ（世界保健機関）による多くの失態も、感染拡大に拍車を掛けました。アメリカを始めとする先進諸国は、このまま中国を放置すれば危険であると判断し、コロナ収束後は、中国を経済的な封じ込めにかかるでしょう。中国はそれに対抗して、同盟国を募ると同時に、包囲網を敷く国々の切り崩しにかかるでしょう。つまり世界は新しい冷戦の時代に入ることになります。

実は中国は、世界がまだ新型コロナウイルスの感染防止策に追われている四月時点で、早くも様々な工作を行なっているという情報もありました（多くの発展途上国などに数百億枚のマスクを送ったこともそのひとつです）。

私が危惧《きぐ》するのは、今後の日本の態度です。かつて民主化を求める学生たちを虐殺《ぎゃくさつ》した「天安門事件」に世界の国々が怒り、中国に対して経済制裁を行なった時、日本はいち早く制裁解除を行ない、中国に救いの手を差し伸べました。さらにその後、多くの日本企業が中国に生産拠点を移した結果、中国は経済大国となり、同時に軍事強国となって東アジア諸国の安全保障を脅《おびや》かすまでになりました。つまり、今日の覇権国家中国を生んだのは日本であるとも言えるのです。

では、なぜ日本は当時、いち早く制裁解除を行なったのか——第一に、企業が安い労働力を求めたため、第二に、企業が中国を大きな市場と見込んだためです。そしてその裏には日本の親中派の議員や官僚の暗躍があったことは間違いありません。

これを書いているのは五月十五日ですが、まさに今、不穏なニュースが舞い込んできました。それは、政府が新型コロナウイルス感染症の収束を睨《にら》んで、非感染者の中国へのビジネス渡航を容認する方向で検討に入ったというものです。国内の移動は自粛を求めておきながら、発生国である中国への渡航許可を検討するとは、政府は何を考えているのでしょうか。出国を認めるということは、当然その人の帰国（日本再入国）も認めることになります。検査の誤判定が一定の率で出ると言われている今の状況で、日本を出国する際の陰性判定、さらにいえば中国を出国する際の陰性判定は信頼できるのでしょうか。少なくとも、現時点で行なう検討ではありません。

中国で新型コロナウイルスの感染が拡大した時、日本政府は世界のどこよりも中国からの渡航制限が遅れました。ところが、渡航制限解除はもしかすると世界で最も早い時期に行なう国になるのかもしれないのです。日本政府が検討に入ったのは、おそらく中国からの強い働きかけがあったからでしょうが、既にトランプ米大統領が中国に対する経済制裁を示唆《しさ》している中、安易に中国と接近するのは危険な選択です。

しかし一方で、多くの日本企業が中国から撤退するという動きがあります。これを後押ししているのが日本政府という話もあります。おそらく今、政府の中で、親中国派と反中国派の綱引きが水面下で行なわれているのでしょう。その結果は容易には想像がつきませんが、日本の運命を大きく変えることになるのは間違いありません。一つの目安が、二〇二〇年秋以降の習近平の国賓待遇での来日です。もし、これが行なわれることになると、日本の将来には暗い影が生じます。

最後に、これだけは申し上げておきます。

今日の状況は、二〇一九年十二月、中国武漢でのクラスター（集団感染）発覚以降の、日本政府、与党、野党、メディア、そして私たち国民の対応の為《な》せる結果です。つまり現在の状況を劇的に改善するためには、これまでやらなかったような大胆な「経済対策」および「対中政策」が必要です。そして、そのためには政府と国民の覚悟が不可欠です。

しかし、それをやらないと日本が終わります。つまり、『カエルの楽園２０２０』の終章は、これから私たちが書いていく物語なのです。

さらに言えば、それは終章ではなく、長く苦しい第一章かもしれません。

終章Ⅲ（グッドエンディング）

※本来は「終章Ⅱ」で終わりにしたかったのですが、「終章Ⅱ」は小説になっていません。
というわけで、これから「終章Ⅲ」を書くことにします。

ただし、これは「寓話《ぐうわ》」というよりも、はちゃめちゃなスラップスティック、あるいは荒唐無稽《こうとうむけい》なファンタジーであることを、最初に断っておきます。


菖蒲《しょうぶ》の花が咲いてからしばらくしたある日、突如、元老会議で重要な発表があるということが知らされました。

ソクラテスとロベルトは、空腹の身体《からだ》を引きずるようにして緑の池に向かいました。

周囲に集まったツチガエルたちは皆、げっそりと痩《や》せていました。少し前まではまだ皆元気で、花の咲くシーズンに向けてウキウキしていた気分だったのが嘘《うそ》のようです。こんな状況は誰も予想だにしないものでした。

やがて池の中央の小島に、プロメテウスが現れました。その顔を見た瞬間、ソクラテスは、ハッとしました。というのは以前とはまるで表情が違っていたからです。そのことはロベルトも気付いたらしく、ソクラテスの腹を肘《ひじ》で軽くつつきました。

「皆さん」

プロメテウスは静かな声で言いました。その声は以前のような自信なさげな声ではありませんでした。

「新しい病気は完全には収まっていません。しかしこのまま病気がなくなるまで移動の自由を止めれば、病気で亡《な》くなる以上の数のツチガエルが亡くなることになるでしょう」

池の周囲のカエルたちに小さなどよめきが起きました。

「そこで私は本日ただいまをもって、皆さんの移動の自由を認めます」

一瞬、沈黙がありました。あまりにも予期しないことだったので、多くのカエルたちがどう反応していいのかわからなかったのです。

沈黙を破ったのはガルディアンでした。

「プロメテウス、そんなことをして、また病気が広まったら、責任を取れるのか！」

ガルディアンの仲間の元老たちが「そうだ、そうだ」と言いました。

「移動の自由を認めるのはいいが、段階的にやるべきだ」

「今はそんなことを議論している猶予《ゆうよ》はない！」

プロメテウスは断固とした口調で言いました。その堂々とした態度にガルディアンは一瞬気圧《けお》されたように黙ってしまいました。プロメテウスは続けました。

「この状況で、段階的にやっていては、完全に手遅れになります。誰は移動してよくて、誰が自粛を続けなければいけないのかの線引きを、ああだこうだ議論するのが何より時間を食うし、手遅れになるし、不公平感さえ生むでしょう。また池によって分けたとしても、移動の制限になります。なので、ナパージュの皆さん全員に移動の自由を認めます。もし、これで失敗すれば、私が責任を取ります」

ようやく池の周囲のカエルたちがざわめき始めました。

「ただし、病気になったカエルのために、専用の池をいくつも作ります。病気に罹《かか》った者は、治るまで強制的に隔離《かくり》します。そしてもし、新たに病気が大発生した場所が見つかれば、そのあたりは全面封鎖して、そこに住む者には移動の禁止を命じます。これはお願いではありません。命令です。また、症状の重いカエルには、これまで認めてこなかった薬草をどんどん与えます。その中には、まだ完全に安全性が認められていない薬草もありますが、この病気に関してだけは、リスクがあっても与えていきます」

「なんか、プロメテウスが別人のようだな」

ロベルトの言葉に、ソクラテスは頷《うなず》きました。「まるで、覚醒《かくせい》したみたいだ」

最後にプロメテウスは言いました。

「以前に決めた、ハエを十匹食べたら一匹をナパージュに差し出せという決まりもなくします。そして空腹のカエルには、大量のハエを与えます」

元老会議を取り囲んでいたカエルたちが歓声を上げました。

プロメテウスは最後に驚くようなことを言いました。

「ナパージュのツチガエルたち全員の空腹が収まるまで、元老たちは一日最低限のハエしか食べないことにします。余分なハエは空腹のカエルに配ります」

カエルたちからまた歓声が上がりました。

「反対だ！　勝手に決めるな」

ガルディアンたちが拳《こぶし》を振り上げて叫びましたが、周囲のカエルたちの冷たい視線を見て、ゆっくりとその手を下ろしました。

その日から、ツチガエルたちは自由に移動し、各地でハエや虫を食べて、みるみる元気になりました。空腹で動けなかったカエルには、元老たちが直接ハエを配りました。

病気のカエルはまた一時的に増えました。ガルディアンたちはただちに「移動の禁止」を要求しましたが、プロメテウスは拒否しました。デイブレイクも「おさまりかけた病気が再び広がる」と、ハスの沼で訴えましたが、病気はそれほどは増えませんでした。プロメテウスは病気になったカエルたちを収容する池を作り、彼らが他のカエルたちと接触しないようにしました。その管理一切を任されたのはイエストールでした。

デイブレイクはプロメテウスの強引なやり方を非難しましたが、プロメテウスはそれを完全に無視しました。デイブレイクの弟のマイクも、お祭り広場でプロメテウスを非難しましたが、この時、彼は驚くべきことを言いました。それは、プロメテウスがイエストールから大量のハエを貰《もら》ったというものでした。

プロメテウスは事実無根だと抗議し、調べた結果、マイクの完全な嘘であったことが明らかになりました。それなのに、訂正もせず知らんぷりをしてお祭り広場で喋《しゃべ》り続けるマイクに対し、プロメテウスは激怒し、お祭り広場でマイクが喋ることを三日間禁じました。こんなことはナパージュ始まって以来のことでした。実はナパージュではお祭り広場ではウソをついてはならないという決まりがありましたが、長年、守られていなかったのです。マイクに泣きつかれたデイブレイクは、プロメテウスに抗議しましたが、プロメテウスは一蹴《いっしゅう》しました。

ナパージュのツチガエルたちは日に日に元気を取り戻していきました。何より目に希望の光がありました。ソクラテスの目には、それは彼らがハエを十分に食べることができたからというだけでなく、自分たちをぐいぐい引っ張ってくれる強いリーダーのもとで頑張ろうという気持ちがあるからだと見えました。

ある日、ソクラテスとロベルトが草原を歩いていると、頭上にスチームボートが飛んでいるのが見えました。ソクラテスが手を振ると、ワシはそれに気づき、空中を大きく旋回した後、二匹の前に舞い降りました。

「スチームボートさん、病気が治ったんですか」

ソクラテスの問いに、ワシは頷きました。

「まだ完全ではないが、飛べるようにはなった」

「よかったです」

「しかし、今度という今度はウシガエルを許さない」

その声には怒りの響きがありました。

「あいつらは、自分の沼で新しい病気が蔓延《まんえん》していることを知りながら隠していたばかりか、病気を撒《ま》き散らしたのはわしだとまで吹聴《ふいちょう》しおった。だが、今後はウシガエルを増長させない。西の国のカエルたちもようやく病気が収まってきたようだ。彼らと手を組んで、ウシガエルの好き勝手な行動を封じ込める。まあ、見ていろ」

スチームボートはそう言うと、力強く羽ばたいて飛んでいきました。

「なんだか、状況が変わってきたな」

「うん、でもナパージュはどうするんだろう。ウシガエルの王様を呼ぼうとしていたんだぞ」

「それだよ。仮にプロメテウスがウシガエルと距離を取ろうとしても、ツーステップがそうはさせないんじゃないか」

それからしばらくしたある日、元老会議でまた重大な発表があるという報《しら》せがありました。

緑の池には、前以上に多くのカエルたちが集まっていました。

プロメテウスが中央の小島で立ち上がりました。あまりハエを食べていないのか少し痩せてはいましたが、却《かえ》って精悍《せいかん》な感じがしました。

「皆さん」

プロメテウスは大きな声で言いました。

「私たちナパージュは、ウシガエルたちの王様とは決別します」

周囲を取り囲んでいたカエルたちに大きなどよめきが起こりました。

「何を言うんだ！」いきなりツーステップが叫びました。「そんなことは許さんぞ！」

しかしプロメテウスは動じませんでした。

「これは朝の元老会議で決まったことです。あなたはずっと寝ていましたが」

「わしは知らん。やり直せ！」

「ツーステップさん、あなたが多くのウシガエルと親しいのは知っています。しかし、これはナパージュ全体の運命と未来がかかった話なんです。あなたとウシガエルの関係でどうこうなるレベルの話ではない！」

プロメテウスにぴしゃりとやられたツーステップは真っ赤にした顔を歪《ゆが》ませましたが、言い返すことはしませんでした。

プロメテウスは再び、島を取り囲むツチガエルたちに向かって言いました。

「カエル同士が仲良くするのは、もちろんいいことです。大いに続けてください。ただ、一部のウシガエルやウシガエルの王様のやり方には、疑問が多いことも事実です。ですから、ウシガエルの王様を招くのは金輪際《こんりんざい》やめ、南の崖《がけ》を登ってくるウシガエルたちには断固抗議します」

カエルたちの一部から歓声が上がりました。

「皆さんにお願いします。目先のハエのために、長期的に見てウシガエルが大きな利益を得るような取引はやめてください。ウシガエルの沼にハエの幼虫を持ち込んだツチガエルはただちに引き上げてください。そのことで失うであろう分は、ナパージュが補塡《ほてん》します」

緑の池の周囲のカエルたちの顔に、一瞬不安の影がよぎりました。

「皆さんの不安はわかります」プロメテウスは言いました。「たしかに、このことでナパージュは一時的に、貧しくなります。残念ながら、それは免《まぬか》れません。しかし、将来的には必ずプラスになって返ってきます」

プロメテウスの力強い言葉に、カエルたちの顔から不安の色は消えました。

「私たちは長年、ウシガエルに頼った生き方をしてきましたが、それは間違いでした。ナパージュは本来ウシガエルにも負けない底力《そこぢから》があります。今後はその力を世界に見せつけてやろうではありませんか！」

カエルたちは全員大歓声を上げました。

その後、ウシガエルの沼から多くのツチガエルがハエや幼虫を諦《あきら》めてナパージュに引き上げてきました。プロメテウスが言ったように、ナパージュは一時的に貧しくなりましたが、ツチガエルたちの表情は暗くはなりませんでした。その目には、貧しくても頑張ればなんとかなるという自信に満ちた光がありました。

一方、ツチガエルたちがウシガエルの沼に残したハエや幼虫を手に入れたウシガエルは、一時的には富《と》みましたが、それは長くは続きませんでした。新しい病気のことで、スチームボートや西の国のカエルたちを敵に回したおかげで、うまくやっていけなくなり、少しずつ貧しくなっていきました。

＊　＊　＊

「まさか、ナパージュがこんな活気のある国になるとはね」

ロベルトは言いました。

「これがナパージュの底力だな」とソクラテスは答えました。「新しい病気で最悪の事態に追い込まれて、そこで本来持っていた力が出たのかもしれない」

「逆にそこまで追い込まれないと、力を出せないってどうなの？」

ロベルトの言葉にソクラテスは笑いました。

「ふと思うんだけど――」ロベルトは言いました。「俺たち、この物語の中でどんな存在だったんだ？」

「ぼくも今、それを感じてる。ずっと何かに操《あやつ》られていたような気がするんだ」

ロベルトは頷きました。

「ところで、しばらくハンドレッドの姿を見ていないな」ロベルトが言いました。

「なんだか久々に顔を見たくなったな」

「行ってみるか」

二匹のアマガエルは北の洞穴に向かいました。

洞穴の前に来ると、食べカスがありませんでした。ソクラテスとロベルトは顔を見合わせました。二匹は洞穴に向かって、「ハンドレッドさーん」と大きな声で呼びました。しかし洞穴からは何の返答もありません。

「いないのかな」

「もしかして死んでるのかも」

その時、ソクラテスとロベルトは自分の体が何者かに掴《つか》まれるのを感じました。

「あれ、変な感じだぞ。自分の体じゃないみたいだ」

ロベルトが言いました。

「うん。ふわふわして空中に浮かんでるようだ。体どころか、声も自分のものじゃない感じがする」

「どうなってるんだ。何も見えなくなってきたぞ。おいソクラテス、どこにいる？」

「ぼくにもロベルトの姿が見えない」

その時、ソクラテスはハンドレッドの声を聞きました。その声は「お疲れさん」と言っていました。

「聞こえたか、ロベルト」

「聞こえた。ハンドレッドの声だったな」

「ああ、そうか。ようやくわかったよ」ソクラテスは言いました。「ぼくたち、この物語の最初から、ずっとハンドレッドに操られていたんだ」

「どうやら、そうみたいだな。ところで、ハンドレッドって、何者なんだ？」

ロベルトの問いに、ソクラテスは笑いながら言いました。

「作者だよ」

この物語はフィクションであり、実在の人物・団体等とは一切関係ありません。

挿画　百田尚樹

あとがき

古来、「寓話《ぐうわ》」とは、人間社会の営みを動物や虫を擬人化して描くことで、読者の興味を惹《ひ》き、また人間関係や物語の構造を簡潔に理解しやすくするためのものでした。古いおとぎ話や童話、あるいは宗教的説話などの多くも、こうしたスタイルで語られてきました。

近代に入って、「寓話」はしばしば難解で高尚な文学の一ジャンルとなりました。そこに使われる比喩《ひゆ》や暗喩は読者の謎解《なぞと》きの道具として用いられます。また言論弾圧を避けるために作られた「寓話」もあります。全体主義国家や共産主義国家では、言論の自由がなく、そのために小説家は、権力者や社会機構を、別のものに喩《たと》えて描くという方法を取りました。

しかし私が生きている現代日本はそうではありません。表現の自由もあり、何を書いても国家に拘束されることはありません。

それなのに、なぜ私が「寓話」というスタイルで物語を描いたのか。『カエルの楽園２０２０』は、ある意味、現実をそのままなぞった「寓話」です。そこには近代的寓話に見られるような難解で高度な暗喩などはありません。しかし、私は敢《あ》えてそうしました。というのは、現代社会を「カエルの世界」に置き換えることで、見えてくるものがあるのではないかと考えたからです。

私たちはふだんの日常生活において、新聞で論説委員が書いた社説やコラムを読みます。またテレビでコメンテーターや学者が語ることを聞きます。国会で議員たちが国政を論じているのを見ます。彼らはいずれも高学歴で、知識も教養もあります。それだけに、その発言ももっともらしく聞こえます。しかし、彼らをカエルに置き換えて、同じセリフを言わせてみると、実生活では気付かなかった滑稽《こっけい》さ、愚かさ、間抜けぶりなどが見えてくるのではないかと思っています。これが、私が『カエルの楽園２０２０』を書いた理由です。

もちろん、これは私の自己満足かもしれません。作品は著者の手を離れた時から、読者のものです。皆さんがこの作品をどのように解釈されるのも自由です。

尚《なお》、この作品は、五月六日から十一日にかけてネットで無料公開したものです。

この小説の執筆は、新型コロナウイルスの流行によって自粛生活を余儀なくされている方たちに、小説家として何かできることはないかと考えたことがきっかけです。そして、どうせ読んでいただくなら、今この時を描いた作品にしたいと思い、新型コロナウイルス騒動をテーマにしたものを書こうと決めました。

新型コロナウイルスに関しては、連日、新聞やテレビのニュースで扱われていますが、それとはまったく別の切り口で描いてみようと考えました。そこで私が選んだのは、二〇一六年に書いた『カエルの楽園』の続編としての「寓話」です。

私は二〇〇六年に五十歳で小説家デビューした際、小説を書くにあたって自らに課したことがいくつかあります。「同じジャンルのものは書かない」「シリーズ物は書かない」「続編やスピンオフは書かない」「三冊連続で重版がかからなかったら引退する」というものです。今回、自らその禁を破って、「続編」を書きました。執筆開始は二〇二〇年四月二十四日、書き終えたのが五月六日でした。中編小説ではありますが、原稿用紙二百枚を超える小説としては、自己最短記録です。

この作品は当初、出版する気はありませんでした。というのは極めて時事的な物語であり、出版されるときは、様々な状況が変化していて、すでに「古い物語」になっているだろうと思ったからです。

ただ、ツイッターで多くのファンの皆様から、「これは普遍的な物語となりうる」「一つの時代の記録として価値がある」というお言葉をいただき、また出版希望の声も多数いただいたこともあって、気持ちが変わりました。

今回、出版するにあたって、全編を大幅に修正し、終章を二つ書き加え、三つのエンディングを持つ小説となりました。

しかし、新型コロナウイルスをめぐる真のエンディングは当分先のことになるでしょう。その日まで、共に頑張っていきましょう。


最後に、「終章Ⅲ」について一言。

おそらくこの終章は多くの書評家や評論家に叩《たた》かれることでしょう。批判の内容は今から想像が付きます。曰《いわ》く「百田尚樹は全体主義に憧《あこが》れている」、曰く「百田尚樹は統制国家を理想としている」、曰く「百田尚樹の潜在願望である排外主義が顕《あらわ》れた」、曰く「ヘイト意識が顔を覗《のぞ》かせた」……等々。今からそれらの文章が目に浮かぶようです。

断わっておきますが、これは初めに書いたように、荒唐無稽なファンタジーです。私の願望や潜在意識などはどこにもありません。それだけは申し上げておきます。

本書は文庫オリジナル作品です。

百田尚樹著
カエルの楽園
その国は、楽園のはずだった――。平和を守るため、争う力を放棄したカエルたちの運命は。国家の意味を問う、日本人のための寓話。

百田尚樹著
フォルトゥナの瞳
「他人の死の運命」が視える力を手に入れた男は、愛する女性を守れるのか――。生死を賭けた衝撃のラストに涙する、愛と運命の物語。

カミュ
宮崎嶺雄訳
ペスト
ペストに襲われ孤立した町の中で悪疫と戦う市民たちの姿を描いて、あらゆる人生の悪に立ち向うための連帯感の確立を追う代表作。

カミュ
窪田啓作訳
異邦人
太陽が眩しくてアラビア人を殺し、死刑判決を受けたのちも自分は幸福であると確信する主人公ムルソー。不条理をテーマにした名作。

カミュ
清水徹訳
シーシュポスの神話
ギリシアの神話に寓して〝不条理〟の理論を展開、追究した哲学的エッセイで、カミュの世界を支えている根本思想が展開されている。

カミュ・サルトル他
佐藤朔訳
革命か反抗か
人間はいかにして「歴史を生きる」ことができるか――鋭く対立するサルトルとカミュの間にたたかわされた、存在の根本に迫る論争。

ドストエフスキー
木村浩訳
白痴（上・下）

白痴と呼ばれる純真なムイシュキン公爵を襲う悲しい破局……作者の〝無条件に美しい人間〟を創造しようとした意図が結実した傑作。

ドストエフスキー
江川卓訳
地下室の手記

極端な自意識過剰から地下に閉じこもった男の独白を通して、理性による社会改造を否定し、人間の非合理的な本性を主張する異色作。

ドストエフスキー
原卓也訳
カラマーゾフの兄弟（上・中・下）

カラマーゾフの三人兄弟を中心に、十九世紀のロシア社会に生きる人間の愛憎うずまく地獄絵を描き、人間と神の問題を追究した大作。

ドストエフスキー
江川卓訳
悪霊（上・下）

無神論的革命思想を悪霊に見立て、それに憑かれた人々の破滅を実在の事件をもとに描く文豪の、文学的思想的探究の頂点に立つ大作。

ドストエフスキー
工藤精一郎訳
死の家の記録

地獄さながらの獄内の生活、悽惨目を覆う笞刑、野獣のような状態に陥った犯罪者の心理——著者のシベリア流刑の体験と見聞の記録。

ドストエフスキー
工藤精一郎訳
罪と罰（上・下）

独自の犯罪哲学によって、高利貸の老婆を殺し財産を奪った貧しい学生ラスコーリニコフ。良心の呵責に苦しむ彼の魂の遍歴を辿る名作。

ヘッセ
高橋健二訳
デミアン

主人公シンクレールが、友人デミアンや、孤独な神秘主義者の音楽家の影響を受けて、真の自己を見出していく過程を描いた代表作。

ヘッセ
高橋健二訳
車輪の下

子供の心を押しつぶす教育の車輪から逃れようとして、人生の苦難の渦に巻きこまれていくハンスに、著者の体験をこめた自伝的小説。

ヘッセ
高橋健二訳
シッダールタ

シッダールタとは釈尊の出家以前の名である。本書は、悟りを開くまでの求道者の苦行を追いながら、著者の宗教的体験を語った異色作。

ニーチェ
竹山道雄訳
ツァラトストラかく語りき（上・下）

ついに神は死んだ――ツァラトストラが超人へと高まりゆく内的過程を追いながら、永劫回帰の思想を語った律動感にあふれる名著。

ニーチェ
竹山道雄訳
善悪の彼岸

「世界は不条理であり、生命は自立した倫理をもつべきだ」と説く著者が既成の道徳観念と十九世紀後半の西欧精神を批判した代表作。

ニーチェ
西尾幹二訳
この人を見よ

ニーチェ発狂の前年に著わされた破天荒な自伝で、〝この人〟とは彼自身を示す。迫りくる暗い運命を予感しつつ率直に語ったその生涯。

新潮文庫最新刊

佐野徹夜著
さよなら世界の終わり
僕は死にかけると未来を見ることができる。生きづらさを抱えるすべての人へ。『君は月夜に光り輝く』著者による燦めく青春の物語。

一木けい著
1ミリの後悔もない、はずがない
R-18文学賞読者賞受賞
誰にも言えない絶望を生きられたのは、桐原との日々があったから――。忘れられない恋が閃光のように突き抜ける、究極の恋愛小説。

前川裕著
魔物を抱く女
―生活安全課刑事・法然隆三―
底なしの虚無がやばすぎる!! 東京の高級デリヘル嬢連続殺人と金沢で死んだ女。泉鏡花が結ぶ点と線。警察小説の新シリーズ誕生！

高田崇史著
鬼門の将軍 平将門
東京・大手町にある「首塚」の謎を鮮やかな推理の連打で解き明かす。常識を覆し、《将門伝説》の驚愕の真実に迫る歴史ミステリー。

萩原麻里著
呪殺島の殺人
目の前に遺体、手にはナイフ。犯人は、僕？――陸の孤島となった屋敷で始まる殺人劇。呪術師一族最後の末裔が、密室の謎に挑む！

葵遼太著
処女のまま死ぬやつなんていない、みんな世の中にやられちまうからな
彼女は死んだ。でも――。とある理由で留年し、居場所がないはずの高校で、僕の毎日が変わっていく。切なさが沁みる最旬青春小説。